BALISES

Collection dirigée par H



# Une partie de campagne

## Guy de Maupassant

- **des repères pour situer l'auteur, ses écrits, l'œuvre étudiée**
- **une analyse de l'œuvre sous forme de résumés et de commentaires**
- **une synthèse littéraire thématique**
- **des jugements critiques, des sujets de travaux, une bibliographie**

Jacques Vassevière

Agrégé de Lettres modernes

# Sommaire




ISBN 2-09-180778-8

# La vie de Maupassant

## LA JEUNESSE (1850-1871)

Guy de Maupassant est né le 5 août 1850 à Fécamp. Son père, Gustave de Maupassant, originaire d'une famille lorraine établie en Normandie et anoblie au XVIII^e^ siècle, avait obtenu le droit de porter la particule peu avant son mariage avec Laure Le Poittevin, qui appartenait à la bourgeoisie industrielle de Rouen. Le frère de Laure était un grand ami de Flaubert, ce qui a entretenu la légende selon laquelle Guy serait le fils du grand romancier. La famille Maupassant mène une vie aisée jusqu'à ce que des difficultés financières contraignent le père, qui menait l'existence d'un dandy, à occuper un emploi dans une banque de Paris : le jeune Guy passe donc l'année scolaire 1859-1860 au lycée Napoléon (aujourd'hui Henri IV). Mais les infidélités de Gustave de Maupassant conduisent à une séparation de fait (qui sera officialisée en 1863) et Laure va s'établir à Étretat avec Guy et son jeune frère Hervé. Un conte de 1884 évoque ainsi le drame d'un adolescent qui surprend une scène violente entre ses parents : « J'éprouvais le bouleversement qu'on a devant les choses surnaturelles, devant les catastrophes monstrueuses, devant les irréparables désastres. Ma tête d'enfant s'égarait, s'affolait. Et je me mis à crier de toute ma force, sans savoir pourquoi » (« Garçon, un bock !... »). De nombreux textes expriment par ailleurs l'horreur du mariage et de la paternité.

Mme de Maupassant confie l'éducation de Guy à un précepteur puis à une institution ecclésiastique. Le régime sévère de la pension ne lui convient guère, il rêve de navigation, demande à sa mère un bateau, écrit des vers, dont certains sont jugés licencieux : à 18 ans, le jeune Maupassant, qui se montrait de plus en plus indiscipliné, est renvoyé de l'institution d'Yvetot. Il achève sa scolarité au lycée de Rouen. Le poète Louis Bouilhet, son correspondant, lui fait connaître Flaubert, qui soumet ses premiers vers à une critique sévère.

Bachelier en juillet 1869, Maupassant entreprend (à Paris) des études de droit, interrompues par la guerre de 1870 : cette triste expérience, évoquée dans de nombreux récits, lui inspire un antimilitarisme radical. Il se fait affecter dans l'intendance, puis remplacer en septembre 1871, avant la fin de son service militaire. Il ne terminera pas ses études.

## LES ANNÉES D'APPRENTISSAGE (1872-1880)

« Sur la porte des Ministères, on devrait écrire en lettres noires la célèbre phrase de Dante : “Laissez toute espérance, vous qui entrez”. » En formulant ce jugement sans appel dans une chronique de 1882 (« Les Employés »), Maupassant synthétise une expérience de neuf années : en mars 1872, il entre au ministère de la Marine, « vaste bâtiment tortueux comme un labyrinthe et que sillonnaient d'inextricables couloirs, percés par d'innombrables portes donnant entrée dans les bureaux » (« L'Héritage », 1884), qu'il quittera en décembre 1878 pour le ministère de l'Instruction publique. Il partage donc la vie des ronds-de-cuir (le mot apparaît à cette époque ; Courteline en fait le titre d'un roman) et doit s'accommoder d'une hiérarchie tatillonne, d'un travail répétitif et d'un salaire insuffisant. Comme certains de ses héros (Bel-Ami, dans I-4, ou M. Lantin dans « Les Bijoux »), il a dû rêver plus d'une fois de démissionner avec éclat de cet emploi abrutissant…

Ses antidotes sont de deux ordres. D'une part, les parties de plaisir, la « vie gaie avec les camarades », qu'il évoque avec nostalgie en 1890 dans « Mouche, souvenir d'un canotier » : « Comme c'était simple, et bon, et difficile de vivre ainsi, entre le bureau à Paris et la rivière à Argenteuil. Ma grande, ma seule, mon absorbante passion, ce fut la Seine. […] Je l'ai tant aimée, je crois, parce qu'elle m'a donné, me semble-t-il, le sens de la vie » (*cf.* aussi « Une partie de campagne » et « La Femme de Paul »). Au cours de cette vie très libre, il contracte « la grande vérole, celle dont est mort François Ier », qui l'emportera au terme d'une lente dégradation physique puis mentale. D'autre part, le travail littéraire : il fréquente Flaubert, Zola, les Goncourt et ceux qui passent pour leurs disciples (Huysmans, Céard, Alexis, Mirbeau), écrit des récits, des pièces de théâtre et des vers (« Une fille » lui vaut des poursuites judiciaires pour outrage aux bonnes mœurs). Il prépare un roman qui sera *Une vie*, publie « Le Papa de Simon » et travaille à « Boule de suif ». Cette nouvelle, parue dans *Les Soirées de Médan* (1880) sous le patronage de Zola, parvenu à la notoriété avec *L'Assommoir*, connaît un vif succès, qui lui ouvre les portes des journaux. En juin 1880, Maupassant se met en congé de ministère pour se consacrer à la littérature.

## LES ANNÉES FÉCONDES (1880-1890)

Flaubert est mort en mai 1880, mais Maupassant est maintenant lancé dans la carrière littéraire. En une dizaine d'années, il publie six romans, deux cents chroniques et trois cents récits (contes et nouvelles). Par le journalisme, il a accès, comme Bel-Ami, aux coulisses du monde politique. En 1881, envoyé en Algérie par *Le Gaulois*, il découvre les vices du système colonial français et n'hésite pas à les révéler à ses lecteurs. Son pessimisme foncier est conforté par la lecture de Schopenhauer (en 1880) et par l'aggravation inéluctable de sa maladie, qui l'amène à multiplier les cures thermales et les voyages *sur l'eau* et *au soleil* (Maghreb, Italie). Cette *vie errante* lui permet aussi d'interrompre ses relations mondaines, car depuis qu'il est devenu célèbre il fréquente les salons, qui apparaissent au premier plan des derniers romans, *Fort comme la mort* et *Notre cœur*.

## LA DÉCHÉANCE (1890-1893)

En 1890 et 1891, sa santé se dégrade rapidement, de nouveaux troubles apparaissent sans cesse, il éprouve des souffrances atroces et consulte un grand nombre de médecins. Les phases de grande activité et de dépression alternent, alors que s'accentue son état de décrépitude physique et mentale. Le 31 décembre 1891, il écrit : « C'est la mort imminente et je suis fou. » Après avoir tenté de se donner la mort, il est interné le 7 janvier 1892 dans la maison de santé du docteur Blanche, où il meurt le 6 juillet 1893 dans un état de déchéance totale.

| VIE ET ŒUVRE DE MAUPASSANT | ÉVÉNEMENTS POLITIQUES, SOCIAUX ET CULTURELS |
|---|---|
| | **1848** Début de la Deuxième République (février). Journées révolutionnaires (juin). Louis-Napoléon Bonaparte est élu président (décembre). |
| **1850** Naissance de Maupassant (sans doute à Fécamp). | |
| | **1851** Coup d'État puis plébiscite du prince président (2 décembre). |
| | **1852** La presse est censurée. Proclamation du Second Empire (2 décembre). |
| **1856** Naissance d'Hervé, son frère. | **1856** Duranty, *Le Réalisme*. |
| | **1857** Flaubert, *Madame Bovary*. Baudelaire, *Les Fleurs du mal*. |
| **1860** Ses parents se séparent. | |
| | **1862** Tourgueniev, *Père et fils* (nihilisme). Hugo, *Les Misérables*. |
| **1863** → **1868** Études à l'institution ecclésiastique d'Yvetôt. | |
| **1866** Rencontre du poète anglais Swinburne. | **1866** Verlaine, *Poèmes saturniens*. |
| | **1867** Les Goncourt, *Manette Salomon*. Zola, *Thérèse Raquin*. |
| **1868** → **1869** Bac au lycée de Rouen. Rencontre Bouilhet et Flaubert. | |
| **1869** Études de droit à Paris. | **1869** Flaubert, *L'Éducation sentimentale*. |
| **1870** → **1870** Mobilisé. Connaît la débâcle, puis affecté à l'Intendance. | **1870** → **1871** Guerre franco-prussienne. |
| | **1870** La Commune (mars à mai). |
| **1872** Entre au ministère de la Marine. | **1872** Zola, *La Curée*. |
| **1873** La Seine : libres amours et canotage. | **1873** → **1879** Mac Mahon président. Période de « l'ordre moral ». Zola, *Le Ventre de Paris*. |

| VIE ET ŒUVRE DE MAUPASSANT | ÉVÉNEMENTS POLITIQUES, SOCIAUX ET CULTURELS |
|---|---|
| **1874** Travaux et rencontres littéraires. | **1874** Première exposition impressionniste. |
| | **1875** Lois constitutionnelles républicaines. |
| **1876** Premiers articles. | **1876** Victoire républicaine aux élections. |
| **1877** Contracte la syphilis dont il mourra. Première cure thermale. | **1877** Zola, succès de *L'Assommoir*. Goncourt, *La Fille Élisa*. Crise politique, Mac Mahon dissout la Chambre. Succès républicain. |
| **1878** Appartient au groupe naturaliste. Entre au ministère de l'Instruction publique. | |
| | **1879** Démission de Mac Mahon. Jules Grévy devient président de la République et *La Marseillaise* hymne national. |
| **1880** Succès de « Boule de suif », (in *Les Soirées de Médan*). Maupassant, chroniqueur recherché, se met en congé. Troubles de santé. | **1880** Mort de Flaubert. Zola, *Le Roman expérimental.* Schopenhauer, *Pensées, maximes et fragments.* |
| **1881** Reportage en Algérie pour le journal *Le Gaulois*. Chroniques contre le colonialisme. *La Maison Tellier.* | **1881** Lois fondamentales (liberté de presse et de réunion). Colonisation de la Tunisie. |
| | **1881** → **1886** Lois sur l'enseignement. |
| **1882** Quitte le ministère. *Mademoiselle Fifi.* | **1882** Krach de l'Union générale. |
| **1883** *Une vie. Contes de la bécasse.* Troubles de la vue. *Clair de lune.* | **1883** Vallès fonde *Le Cri du peuple*. Expédition au Tonkin. |
| **1884** *Yvette.* *Au soleil* (journal de voyage). | **1884** Loi sur le divorce. Huysmans, *À rebours.* |
| **1885** Succès de *Bel-Ami.* Voyage en Italie. Cures en Auvergne. *Contes du jour et de la nuit.* | **1885** Mort de Victor Hugo. Zola, *Germinal.* |

| VIE ET ŒUVRE DE MAUPASSANT | ÉVÉNEMENTS POLITIQUES, SOCIAUX ET CULTURELS |
|---|---|
| **1886** *Toine.*<br>*La Petite Roque.*<br>Vie mondaine, séjours et voyages divers. | **1886** Manifeste symboliste.<br>Zola, *L'Œuvre*.<br>Drumont, *La France juive*. |
| **1887** *Mont-Oriol.*<br>*Le Horla*.<br>Voyage en Afrique du Nord. | **1887** Zola, *La Terre* → *Manifeste des cinq.*<br>Scandale des décorations.<br>**1887** → **1889** Agitation boulangiste. |
| **1888** *Pierre et Jean* et *Le Roman* (étude).<br>*Sur l'eau* (journal de bord).<br>Voyage en Afrique du Nord.<br>*Le Rosier de madame Husson.* | |
| **1889** *Fort comme la mort.*<br>*La Main gauche.*<br>Son frère Hervé meurt fou.<br>Croisière (Tunisie, Italie). | **1889** Exposition universelle : la tour Eiffel.<br>Zola, *La Bête humaine*. |
| **1890** *L'Inutile Beauté, Notre cœur.*<br>Nette dégradation de sa santé. | |
| **1891** Vains efforts pour se soigner. À la fin de l'année, il se sent proche de la folie et de la mort. | **1891** Zola, *L'Argent.* |
| **1892** Tentatives de suicide (janvier), puis internement. | **1892** Zola, *La Débâcle.*<br>Scandale de Panama.<br>Attentat anarchiste de Vaillant. |
| **1893** Mort de Maupassant (6 juillet). | **1893** Zola, *Le Docteur Pascal*. |
| | **1894** Assassinat de Sadi-Carnot.<br>Condamnation de Dreyfus. |

# L'œuvre de Maupassant

Maupassant a touché à tous les genres, poésie, théâtre, contes et nouvelles, romans, mais c'est le conteur et le romancier qui sont passés à la postérité. La poésie ne fut pour lui qu'un péché de jeunesse (même si le recueil *Des vers* ne paraît qu'en 1880) et il s'essaya vainement au théâtre avant de condamner, « cette convention fausse, odieuse pour les amateurs de la vérité vraie ».

En 1891, il s'opposait ainsi à l'adaptation de ses romans à la scène : « Le roman vaut par l'atmosphère créée par l'auteur, par l'évocation spéciale qu'il donne des personnages à chaque lecteur, par le style et la composition. Et on prétend remplacer cela par des gueules de cabotins et de cabotines, par le jargon et la désarticulation du théâtre, qui est loin de donner l'effet de l'écriture de l'œuvre. » Tout un art poétique se lit dans ces quelques lignes…

## DEVANCIERS ET DOCTRINE

Nous préciserons les goûts et les idées littéraires de Maupassant d'après l'« Étude sur Gustave Flaubert » (1884), l'étude sur « Le Roman » qui accompagne *Pierre et Jean* (1888), et « L'Évolution du roman au XIXe siècle » (1889).

Maupassant affirme que *Manon Lescaut* est à l'origine de « l'admirable forme du roman moderne » : l'abbé Prévost a su nous transmettre « l'impression profonde, émouvante, irrésistible de gens pareils à nous, passionnés et saisissants de vérité. » Stendhal est célébré en tant que « primitif de la peinture de mœurs » mais critiqué pour avoir « méconnu la toute-puissance du style ». De même, Maupassant admire chez Balzac la « si géniale intuition » qui lui a permis de créer « une humanité tout entière si vraisemblable, que tout le monde y crut et qu'elle devint vraie » mais regrette qu'il n'ait pas recherché la perfection. Au contraire, l'œuvre de Flaubert lui

REPÈRES

apparaît comme un modèle et André Vial cite cette confidence du romancier à une amie :

« Chaque fois qu'il me semble avoir oublié mon métier, je relis ses livres. C'est le maître, le vrai maître. Nous autres, romanciers, nous devons y recourir sans cesse, comme au plus parfait et au plus harmonieux des artistes. Les livres de Flaubert sont dans la littérature ce que le Parthénon est en architecture : la plus parfaite expression de la beauté artistique. »

Son « Étude sur Gustave Flaubert » montre qu'il le considère non comme un plat réaliste mais comme un « observateur [...] consciencieux » de la réalité qui sait « comprendre les causes qui amènent les effets », sans « phrases philosophiques », et surtout comme un « impeccable artiste » pour qui « la forme, c'était l'œuvre elle-même » : « Il croyait au style, c'est-à-dire à une manière unique, absolue, d'exprimer une chose dans toute sa couleur et son intensité. » Enfin, si Maupassant apprécie en Zola « une magnifique, éclatante et nécessaire personnalité », il récuse ses élaborations théoriques (et notamment le dogme de la reproduction intégrale de la réalité) : « Je ne crois pas plus au naturalisme et au réalisme qu'au romantisme. [...] Je ne discute jamais littérature, ni principes » (lettre à Paul Alexis, 17 janvier 1877).

La doctrine esthétique de Maupassant tient en effet en quelques affirmations simples et cohérentes :

**La recherche de la vérité**

Si elle interdit toute manipulation des événements (donc le romanesque) et toute idéalisation (une chronique d'octobre 1881 se moque de la « littérature "sirop" à l'usage des dames » qui présente un « monde d'élite, dont toutes les pensées semblent des poésies et toutes les attitudes des poses de gravures de mode » – *Chro.*, I, 285), elle ne conduit pas à un naturalisme étroit : « Le réaliste, s'il est un artiste, cherchera, non pas à nous montrer la photographie banale de la vie, mais à nous en donner la vision plus complète, plus saisissante, plus probante que la réalité même », de façon à « nous forcer à penser, à comprendre le sens profond et caché des événements ». *Sur l'eau* (1888) fait d'ailleurs référence à « cette seconde vue qui est en même temps la force et toute la misère des écrivains », et qui les rend sensibles à tout ce qui est.

**Le « tempérament »**

À la suite de Schopenhauer selon lequel « le seul univers que chacun de nous connaisse réellement, il le porte en lui-même comme une représentation qui est à lui » (*Le Fondement de la morale*, cité par Louis Forestier, *Romans*, « La Pléiade », t. III, p. 1509), Maupassant affirme que « chacun de nous se fait [...] simplement une illusion du monde » et que les réalistes de talent « imposent à l'humanité leur illusion particulière ». Il affirme aussi, après Zola : « Un roman, c'est la nature vue à travers un tempérament ».

**L'impersonnalité**

Elle exclut le message moral ou social. « La morale, l'honnêteté, les principes sont des choses indispensables au maintien de l'ordre social établi ; mais il n'y a rien de commun entre l'ordre social et les lettres. [...] Tout livre à tendances cesse d'être un livre d'artiste. » Flaubert, « le plus ardent apôtre de l'impersonnalité dans l'art [...] n'admettait pas que l'auteur fût jamais même deviné » ; Maupassant, de son côté, refuse « la personnalité étalée » (selon lui « preuve de l'impuissance à observer ») à laquelle il oppose « la personnalité voilée qui fait la valeur de toute œuvre et qu'on nomme génie ou talent ».

**« Le roman objectif »**

Contrairement au « roman d'analyse pure », il évite « avec soin toute explication compliquée, toute dissertation sur les motifs » en faisant apparaître la psychologie des personnages dans leurs actes et leurs paroles. Le romancier devient alors un « metteur en scène ». Cela exige plus de subtilité du lecteur, mais « l'Art, quel qu'il soit, ne s'adresse qu'à l'aristocratie intellectuelle d'un pays » c'est-à-dire à « toute la partie vraiment intelligente d'une nation » (« À propos du peuple », 1883).

**Le style**

« Flaubert fut torturé toute sa vie par la poursuite de cette insaisissable perfection. » Le style n'est pas simplement l'expression du tempérament singulier de l'écrivain, mais « accordance absolue de l'expression avec l'idée, [...] sensation d'harmonie, de beauté secrète échappant la plupart du temps au jugement des foules ».

REPÈRES

## « UN NIHILISTE AFFAMÉ D'ABSOLU »

Cette formule, par lauquelle Paul Bourget définissait Flaubert, convient aussi à Maupassant. Dans son journal de voyage, *Sur l'eau* (1888), celui-ci décrit ce qui peut apparaître comme une maladie existentielle : « Certes, en certains jours, j'éprouve l'horreur de ce qui est jusqu'à désirer la mort. Je sens jusqu'à la souffrance suraiguë la monotonie invariable des paysages, des figures et des pensées. La médiocrité de l'univers m'étonne et me révolte, la petitesse de toutes choses m'emplit de dégoût, la pauvreté des êtres m'anéantit.

« En certains autres, au contraire, je jouis de tout à la façon d'un animal. Si mon esprit inquiet, tourmenté, hypertrophié par le travail, s'élance à des espérances qui ne sont pas de notre race, et puis retombe dans le mépris de tout, après en avoir constaté le néant, mon corps de bête se grise de toutes les ivresses de la vie. [...] J'aime d'un amour bestial et profond, méprisable et sacré, tout ce qui vit, tout ce qui pousse, tout ce qu'on voit, car tout cela, laissant calme mon esprit, trouble mes yeux et mon cœur, tout : les jours, les nuits, les fleuves, les mers, les tempêtes, les bois, les aurores, le regard et la chair des femmes. [...] Je me livre aux forces brutales et naturelles du monde, [...] je retourne à la vie primitive. »

À la double nature de l'homme, corps et esprit, correspondent donc deux attitudes opposées : le nihilisme le plus noir, qui naît de l'impossible réalisation des rêves de l'esprit, et l'abandon à une sensualité panthéiste*.

Ce pessimisme a été accentué par l'influence d'un philosophe qui a « marqué l'humanité du sceau de son dédain et de son désenchantement », Schopenhauer. Maupassant le considère comme le grand « démolisseur » d'illusions, celui qui a « accompli la plus gigantesque besogne de sceptique qui ait jamais été faite » (« Auprès d'un mort », 1883). La lucidité de l'analyste, l'ironie du conteur prompt à lever les masques des acteurs de cette nouvelle comédie humaine, mais aussi la pitié pour ceux qui souffrent ou la célébration des plaisirs sensuels de la vie s'alimentent ainsi aux sources d'un nihilisme radical : « Nous ne savons rien, nous ne voyons rien, nous ne pouvons rien, nous ne devinons rien, nous n'imaginons rien, nous sommes enfermés, emprisonnés en nous », lit-on dans *Sur l'eau*.

## LES ŒUVRES BRÈVES : RÉCITS ET CHRONIQUES

Maupassant a fait l'expérience du journalisme, en ce sens qu'il a beaucoup écrit pour les journaux : deux cents chroniques et trois cents contes et nouvelles témoignent de l'intense activité de celui pour qui la littérature était aussi un gagne-pain.

Les *Chroniques* constituent de courts essais qui abordent toutes les *choses du jour* : la politique (dénonciation des entreprises coloniales de la France, analyse du rôle occulte de certaines femmes auprès des hommes politiques), les mœurs (réflexion très personnelle sur la question du divorce), l'amour (dans « L'Art de rompre… »), la littérature (refus de l'engagement, de la morale), etc. La personnalité inquiète du romancier passe parfois au premier plan : un article sur le carnaval donne lieu à une causerie triste qui présente la vision très pessimiste que l'auteur se fait de la « hideuse bête humaine ». Se constitue ainsi une sorte de journal de bord, comparable à ceux que Maupassant a publiés *(Sur l'eau, Au soleil, La Vie errante)*, un riche matériau dans lequel l'écrivain a sans cesse puisé pour élaborer son œuvre proprement littéraire.

Les *Contes et nouvelles*, souvent inspirés de l'actualité, sont parfois très proches des essais journalistiques. Certains ne comportent même pas de récit, comme « L'Homme-fille » qui analyse un nouveau type d'arriviste, le Parisien séduisant, ignorant, égoïste et peu scrupuleux dont Bel-Ami est un avatar romanesque. Formellement, la distinction entre conte et nouvelle paraît délicate. Louis Forestier note que les nouvelles (comme « Boule de suif » et « Une partie de campagne ») relèvent d'une esthétique romanesque : le narrateur s'efface, les points de vue et les lieux sont multiples, la temporalité s'enrichit d'ellipses et de variations de rythmes. Au contraire, les contes – de loin les plus nombreux – prennent la forme d'un récit rétrospectif habilement composé qu'un narrateur-personnage (acteur ou témoin) adresse à un destinataire bien défini pour l'étonner ou le faire réfléchir. Maupassant a multiplié ces courts récits qui avaient alors un public attitré dans les journaux comme le montre cette analyse de Jules Lemaître : « Dans ces dernières années, le conte, assez longtemps négligé, a eu comme une renaissance. Nous sommes de plus en plus pressés ; notre esprit veut les plaisirs rapides ou de l'émotion en brèves secousses : il nous faut du roman condensé s'il se peut, ou abrégé si l'on n'a rien de mieux à nous offrir. Des journaux, l'ayant senti, se sont avisés de donner des contes en guise de premier-Paris », c'est-à-dire en première page, où figure normalement l'éditorial (cité par Louis Forestier dans son Introduction aux *Contes et nouvelles* de Maupassant, « La Pléiade », t. I, p. XXXIII).

Le réalisme satirique (parfois cynique) de l'écrivain y brosse une série de portraits où voisinent paysans (« La Ficelle », « Aux champs »), marins (« En mer », « Le Retour »), employés (« L'Héritage »), petits-bourgeois (« Une partie de campagne »), hobereaux normands (« Première neige »), aristocrates (« Fini », « Le Signe »), colons (« Allouma »), artistes (« Une soirée »), canotiers (« Mouche », « La Femme de Paul »), prostituées (« La Maison Tellier »), etc. Y sont évoqués « le fond vaseux de l'âme » (« La Petite Roque »), les médiocrités quotidiennes (« Mots d'amour »), la lâcheté des « honnêtes gens » (« Boule de suif ») mais aussi la vie difficile des humbles (« Le Papa de Simon ») et les héroïsmes inattendus (« Un duel »). Certains récits empruntent leur sujet à l'histoire des hommes, la guerre de 1870-1871 (« Deux amis ») ou la colonisation (« Mohammed-Fripouille ») ; d'autres trahissent un drame intime (« Le Horla », « Fou », « Garçon, un bock ! »...). Érotique, fantastique, tragique, satirique, grotesque, cette œuvre multiforme aborde tous les registres.

## LES ROMANS

### *Une vie* (1883)

Ce roman porte la marque de Flaubert. Comme Emma Bovary, et plus qu'elle encore, Jeanne de Lamarre découvre l'impossibilité de vivre pleinement : ni son mari, ni son fils ne lui permettent de s'accomplir et les expériences banales de la vie, qu'elle subit passivement, sont autant de souffrances qui l'enferment dans une solitude croissante.

### *Bel-Ami* (1885) et *Mont-Oriol* (1887)

Plus balzaciens, ces romans se présentent davantage comme des études de mœurs. Les héros, ambitieux et audacieux, y réussissent et leurs aventures individuelles, réduites respectivement à trois et deux ans, croisent l'histoire de leur époque. Dans *Mont-Oriol*, l'affairiste Andermatt, autre avatar du financier juif, est un produit de la société moderne, qui réalise une fructueuse spéculation en bâtissant une ville d'eaux dans un coin d'Auvergne, sans soupçonner le drame de sa femme Christiane qui fait l'expérience amère d'un adultère sans lendemain.

### ***Pierre et Jean* (1888)**

Dans ce drame familial, l'inspiration se fait plus personnelle. Le jeune médecin Pierre Roland traverse une crise douloureuse au cours de laquelle il devine le secret de sa mère (elle a eu un amant et Jean est né de cet adultère) : en quelques semaines, cette découverte ruine sa vie.

### ***Fort comme la mort* (1889) et *Notre cœur* (1890)**

Les héros appartiennent cette fois à la haute société mais ils connaissent toujours la souffrance morale. Dans le premier roman, le peintre mondain Olivier Bertin subit les atteintes de la vieillesse, qu'accentue un amour impossible pour la fille de sa maîtresse. Dans le second, André Mariolle, riche, indépendant et célibataire, s'éprend d'une mondaine incapable d'aimer.

REPÈRES

# Sommaire de « Une partie de campagne »

C'est le printemps et les Dufour ont quitté leur quincaillerie pour les bords de la Seine. À Bezons, une gargote offre ses plaisirs aux Parisiens : l'énorme Mme Dufour et sa fille, dans la floraison de ses vingt ans, se précipitent sur les balançoires ; la grand-mère recherche les caresses d'un chat méfiant ; l'apprenti et M. Dufour, qui a commandé trois bouteilles de vin, rêvent devant deux superbes yoles*.

Les canotiers, deux jeunes gens bronzés et musclés, déjeunent à côté des Dufour. Ayant repéré les deux femmes, ils engagent la conversation, se font valoir par leurs discours et leur allure et, le repas terminé, leur proposent une promenade en bateau. M. Dufour reste au bord du fleuve, une ligne à la main, flanqué du garçon endormi. Tous deux sont bien éméchés.

La jeune fille, Henriette, est vite troublée par le charme de la rivière et par les regards ardents de son compagnon. Elle se laisse conduire dans une île pour mieux écouter le chant langoureux d'un rossignol. Dans les fourrés, son trouble grandit encore et elle finit par s'abandonner entre les bras d'Henri.

Passé ce moment d'ivresse, les deux amants se retrouvent étrangers l'un à l'autre. Henriette cherche sa mère, qui finit par sortir de sous un buisson, suivie par l'autre canotier hilare. Les deux couples regagnent l'auberge où les attend le reste de la famille. On se sépare rapidement.

Deux mois plus tard, à Montmartre, Henri entre par hasard dans la quincaillerie Dufour. La nouvelle du mariage d'Henriette avec l'apprenti, successeur du patron, lui cause une tristesse inexplicable.

Le printemps suivant ravive les souvenirs et le désir du canotier : il retourne alors dans l'île où il découvre la jeune femme, assise, l'air triste, près de son mari endormi. Elle lui avoue qu'elle pense à leur aventure « tous les soirs ». L'éveil du mari met fin à leurs confidences.

# Les personnages

## Les boutiquiers : des « bourgeois privés d'herbe »

**M. Dufour** : quincaillier à Montmartre. Du petit-bourgeois parisien, il a l'embonpoint grotesque, la médiocrité satisfaite, la vanité ridicule et, pour tout dire, la bêtise. C'est aussi un mari jobard.

**Mme Dufour**, son épouse : « trente-six ans environ ». Bien que fortement empâtée par l'âge, elle a conservé de sa jeunesse les désirs et les grâces minaudières d'une jeune fille.

**Henriette**, leur fille : cette « belle fille de dix-huit à vingt ans » se révèle progressivement comme l'héroïne de la nouvelle. Elle abrite, sans le savoir, un tempérament sensuel peu adapté à sa vie de petite-bourgeoise et au manque de virilité de son mari. Elle constitue un avatar du type de la femme mal mariée, fréquent dans le roman du XIX$^{e}$ siècle.

**La grand-mère** : sans nom, sans relation avec d'autres personnages (même le chat l'évite), elle est traitée comme une chose encombrante pour laquelle on a un minimum d'égards. Question d'héritage ?

**Le jeune homme aux cheveux jaunes** : anonyme, lui aussi, « l'apprenti » (8B) n'est caractérisé que par sa tignasse et sa boulimie. L'épilogue place brusquement ce médiocre au premier plan sans le faire connaître davantage au lecteur : la tradition veut que le commis devienne le gendre et le successeur de son patron.

## Les canotiers : « deux solides gaillards »

Ces jeunes gens, très peu individualisés, sont bien conscients de l'avantage que leur donnent leur tenue, leur hâle et leur musculature aux yeux de bourgeois « flasques » qui étouffent dans leur redingote ou leur corset. Ils se comprennent à demi-mots : ils n'en sont pas à leur première aventure.

**Le premier canotier** n'est ici qu'un auxiliaire anonyme et efficace qui s'occupe de la grosse madame Dufour pour laisser sa fille seule avec son ami. Il finit toutefois par trouver l'aventure plaisante.

**Henri, le deuxième canotier,** est à peine plus individualisé, par son prénom et par les sentiments (émotion, tristesse) que le texte lui attribue. Il joue un rôle important dans l'épilogue en recevant les confidences (voilées) de la mère puis de la fille.

Ces personnages, sommairement caractérisés, sont définis par les relations de ressemblance et d'opposition que le texte établit entre eux et dont la liste ci-dessus ne rend pas compte. (Voir sur ce point les commentaires et la « Synthèse littéraire ».)

# Résumés et commentaires

## PRÉAMBULE MÉTHODOLOGIQUE

### Objectifs et méthodes

Nous présentons ici une lecture plurielle d'« Une partie de campagne », avec l'ambition de proposer des modalités d'analyse réutilisables pour tout récit romanesque relevant de l'esthétique réaliste. Tout d'abord, l'étude portera sur la forme, la poétique* de la nouvelle*. Le texte sera ainsi commenté dans une double perspective, narratologique et stylistique, repérable dans les intertitres qui structurent les commentaires : **Action, Narration, Écriture**.

Ensuite, seront élucidées et interprétées les références aux faits socio-historiques et psychologiques (ces derniers pouvant concerner les personnages, le narrateur et même l'auteur). Ces analyses seront appelées par les intertitres : **Société** et **Psychologie**.

L'ensemble du commentaire sera ainsi *balisé* par le retour systématique de ces cinq entrées. Il ne s'agit pas pour autant de s'enfermer dans un carcan prédéfini : l'ordre et l'importance relative de ces entrées varieront selon les passages commentés.

Enfin, dans la mesure où un texte fait aussi référence à d'autres textes, dont il peut constituer une réécriture, nous avons défini une sixième entrée de type intertextuel, intitulée : **Rapprochements**.

## Découpage

### Cinq séquences narratives...

« Une partie de campagne » n'est pas composée en chapitres, sans doute à cause de sa brièveté. À la fin de la nouvelle, des blancs, conjugués à des indices temporels marquants (« Deux mois après... », « L'année suivante... »), isolent simplement deux courtes unités qui, nous le verrons, constituent une sorte de double épilogue. Pour la commodité de l'analyse, nous avons découpé le récit en cinq séquences narratives (codées A, B, C, D et E) en nous fondant sur des critères aussi objectifs que possible : la progression de l'action est généralement marquée par des changements de lieux, le déroulement du temps, la rencontre ou la séparation des personnages.

### ... et dix-sept unités d'analyse

En outre, afin de réaliser cet examen détaillé du texte que nous avons évoqué, chaque séquence narrative est divisée en unités plus courtes, fondées sur les mêmes critères et numérotées de 1 à 17. Dans les commentaires, référence est faite à des passages précis du texte en combinant ces deux codes : 2A, par exemple, désigne l'unité 2, qui appartient à la séquence narrative A. Le tableau suivant présente l'ensemble du découpage. Le lecteur qui souhaite travailler sur « Une partie de campagne » pourra reporter les divisions et les codes sur l'exemplaire qu'il utilise afin d'effectuer plus rapidement des repérages et des mises en relation d'énoncés disjoints. Une telle « circulation » dans le texte est la condition indispensable de la saisie d'une œuvre intégrale.

1. « Une partie de campagne » (titre)

Séquence A : l'arrivée de la famille Dufour (état initial).
Unités 2A. du début à « la tête seule apparaissait ».
3A. de « Après avoir suivi » à « le chemin de halage ».
4A. de « Alors on descendit » à « les escarpolettes ».
5A. de « Mlle Dufour » à « grimacer diversement ».
6A. de « Une servante » à « sans se presser ».

Séquence B : la rencontre des canotiers (le déjeuner sur l'herbe).
Unités 7B. de « "C'est prêt" » à « sans table ni sièges ».
8B. de « Les deux jeunes gens » à « des étendards ».
9B. de « Cependant » à « en s'éloignant ».

Séquence C : la double inconstance.
Unités 10C. de « L'autre yole » à « de le voir ».
11C. de « Cependant » à « "son cabinet particulier" ».
12C. de « Juste au-dessus » à « l'autre canotier ».
13C. de « La jeune fille » à « dans un sanglot ».

Séquence D : le retour des deux couples.
Unités 14D. de « Ils étaient bien pâles » à « qu'on étouffait ».
15D. de « Enfin l'on revint » à « leur répondirent ».

Séquence E : épilogue.
Unités 16E. de « Deux mois plus tard » à « à bientôt ! »
17E. de « L'année suivante » à « nous en aller ».

## UNITÉ 1
## Le titre

COMMENTAIRE

**Narration : un titre programmatique**

Le titre peut être lu comme une marque d'appartenance à un genre. Chez Maupassant, note André Vial, « est conte tout récit qui atteste *de la part de l'écrivain* l'intention d'isoler, dans la multitude des traits qui constituent *un* événement ou le destin d'une personne, un élément et de déblayer au profit de cet élément unique. Le titre déjà, très souvent, porte la marque grammaticale de ce choix *singulier* » (*Guy de Maupassant et l'art du roman*, Nizet, 1954, p. 442). « Une partie de campagne » annonce ainsi un récit court, conte ou nouvelle*, qui ne prétend pas rendre compte d'une existence (comme *Une vie*), ni même de la formation d'un individu (comme *Bel-Ami*), mais simplement d'un épisode dans une vie. Le récit peut commencer brutalement, le sujet ayant été déjà indiqué par le titre, qui fait référence à une pratique sociale courante à une époque où le week-end n'était pas encore entré dans les mœurs. Le lecteur s'attend donc à une histoire brève (une journée), nettement délimitée par un début et une fin, et qui concerne un ou des personnages assez banals et typiques pour n'être pas nommés ni même individualisés dans le titre (contrairement, par exemple, aux héros de « Monsieur Parent », « La Femme de Paul » ou « Yvette »).

## Écriture : un titre ironique ?

On peut toutefois s'interroger sur la relation entre cet épisode et la vie des protagonistes. Il est peu probable, en effet, qu'un écrivain comme Maupassant raconte une journée ordinaire où le lecteur retrouverait seulement une vérité de type sociologique. Un tel récit relèverait plutôt du reportage comme on en trouve dans ses *Chroniques*. Notre auteur n'est pas, comme le premier Huysmans, un tenant du naturalisme gris, il compose des récits qui produisent des effets. C'est dire que, d'emblée, s'instaure une **tension** entre la banalité de l'événement suggéré par le titre et la surprise attendue du fait même de l'existence de la nouvelle. Cette « partie de campagne » pourrait bien avoir des répercussions durables sur la vie des protagonistes (c'est le cas dans des nouvelles comme « À cheval » ou « Au printemps »). Dans sa neutralité même, le titre, rétrospectivement, prendra alors une connotation* ironique.

## Société : les plaisirs des petits-bourgeois

Pour le petit-bourgeois parisien de 1881, une partie de campagne est « une partie de plaisir », une parenthèse de bonheur dans une vie vouée à la monotonie du travail. Maupassant en savait quelque chose, lui qui a longtemps trouvé dans ses escapades des bords de Seine une antidote à la triste condition d'employé de bureau (voir ci-dessus p. 4), et il a souvent prêté cette attitude à ses personnages. Tel « commis à quinze cents francs », ayant reçu « une gratification extraordinaire de trois cents francs », propose aussitôt à sa femme de quitter Paris : « "Ma chère Henriette, il faut nous offrir quelque chose, par exemple une partie de plaisir pour les enfants. " / Et après une longue discussion, il fut décidé qu'on irait déjeuner à la campagne[1] » (« À cheval », 1883).

Cette **invitation au plaisir** est particulièrement nette lorsqu'elle est adressée à une femme. Tel autre employé, ayant invité la jeune fille qu'il courtise à aller déjeuner à Maisons-Laffitte, s'attire une mise au point non équivoque : « Je suis une honnête fille, et je n'irai là-bas avec vous que si vous me promettez, si vous me jurez de ne rien… de ne rien faire… qui

1. Dans les citations, la barre oblique (/) indique un alinéa.

soit… qui ne soit pas… convenable… » (« Le Père », 1883). Ou plutôt, cette déclaration serait sans équivoque sans le lapsus de la jeune fille : dans sa confusion, elle emploie en effet deux négations qui s'annulent et, tout en priant son compagnon de « ne rien faire […] qui ne soit pas… convenable », elle semble l'inviter à ne faire que ce qui n'est pas convenable. C'est bien ce qui va se passer dans ce conte comme dans UPC[1].

Ainsi, le titre de la nouvelle inscrit la fiction dans une **réalité sociologique**, comme si le narrateur n'avait d'autre but que de donner à voir – de *mettre en scène*, aurait dit Maupassant[2] – un épisode directement issu de la vie la plus ordinaire.

## SÉQUENCE A, UNITÉS 2A À 6A
## L'arrivée de la famille Dufour

**RÉSUMÉ**

On attendait depuis longtemps la fête de Mme Dufour, qui devait être l'occasion d'une partie de campagne. Le jour venu, toute la famille s'est hâtée de monter dans la carriole d'un voisin : derrière les parents, se sont installés une vieille grand-mère, une jeune fille et un jeune homme aux cheveux jaunes. **[Unité 2A.]**

Passé le pont de Neuilly, les Parisiens n'ont pas manqué de s'extasier devant la campagne. Ils ont pourtant dû traverser une plaine affreuse avant de retrouver le fleuve au pont de Bezons. Saisis par la beauté du paysage, ils décident de s'arrêter dans une auberge dont l'enseigne promet fritures, bosquets et balançoires. **[Unité 3A.]**

On descend de voiture : la grosse Mme Dufour, dans les bras de son mari, que la campagne met d'humeur badine ;

1. *UPC* est mis pour « Une partie de campagne », *Chro.* est mis pour *Chroniques*.
2. Maupassant loue « les romans bien mis en scène » qui montrent les personnages au lieu de les « expliqu[er] simplement par la psychologie » (« Romans », *Chro.*, 2, 41).

la jeune fille, d'un saut léger ; le jeune homme, d'un pied prudent ; la grand-mère enfin, portée par les deux hommes. **[Unité 4A.]**

Debout sur une balançoire, Mlle Dufour s'abandonne à la griserie du mouvement, qui révèle la beauté de ses vingt ans. Assise sur l'autre, Mme Dufour, après avoir été difficilement mise en branle par son mari, égaie les galopins du voisinage par ses cris de frayeur. **[Unité 5A.]**

On commande un menu champêtre et trois bouteilles de vin pendant que la grand-mère tente vainement d'approcher le chat de la maison qui se dérobe à ses caresses. Deux superbes yoles suscitent l'admiration du jeune homme, puis de toute la famille. M. Dufour assure qu'il était un fameux canotier dans sa jeunesse. **[Unité 6A.]**

## COMMENTAIRE GÉNÉRAL DE LA SÉQUENCE A

### Action : l'état initial

« Un récit classique, c'est-à-dire linéaire, partant d'un début pour arriver à une fin souvent pensée d'ailleurs avant le début même, n'est rien d'autre que le passage par le biais d'une ou de plusieurs transformations (T) d'un état initial *(Ei)* à un état final *(Ef)*. Cette transformation est assurée par l'apparition d'un obstacle (force transformatrice : *Ft*) qui devra être levé (force équilibrante : *Fé*) pour que la dynamique de l'action *(Da)* puisse parvenir à son terme » (Jean-Pierre Goldenstein, *Pour lire le roman*, De Boeck-Duculot, 1983, p. 69). La logique du récit s'analyse ainsi selon les cinq phases d'un modèle quinaire : *Ei, Ft, Da, Fé, Ef.*

Nouvelle* réaliste dont le déroulement est strictement linéaire, « Une partie de campagne » vérifie cette analyse. La première séquence narrative (A) correspond à l'état initial : elle raconte le début de la journée, ordonné selon les usages sociaux de l'époque (le goût des petits-bourgeois parisiens pour les plaisirs champêtres) et les contraintes de l'espace (le trajet de Paris à Bezons) où évoluent les personnages. C'est dire qu'elle ne devrait pas avoir d'autre fonction que de présenter leur situation et de préparer le récit proprement dit ; nous verrons pourtant que cette exposition initiale est délibérément incomplète puisque, pour produire un effet au moment du dénouement, elle omet une donnée capitale. Elle est bornée par un événement imprévu et apparemment anodin, la rencontre des canotiers, qui constitue la force transformatrice.

**Narration : un parti pris d'objectivité**

La longueur de cette première séquence (un bon tiers du récit) s'explique par le choix d'un récit « objectif [1] ». La nouvelle* participe de **l'esthétique du roman réaliste** telle que Maupassant la conçoit : s'interdisant toute analyse psychologique, le narrateur* est tenu de décrire les menues activités de chaque personnage pour que le lecteur devine et construise peu à peu leur personnalité comme s'il avait affaire à de véritables personnes. C'est un moyen éprouvé de créer **l'illusion réaliste**, l'effet de réel*. La famille Dufour fait ainsi l'objet de trois présentations, à la fois successives et progressives, qui permettent de distinguer les unités 2A, 4A et 5A. L'unité 3A, consacrée au voyage en carriole, esquisse les relations qui vont s'établir entre ces petits-bourgeois et la campagne. Enfin, l'unité 6A, qui tire sa cohérence de l'évocation des désirs plus ou moins conscients des personnages, prépare l'entrée en scène des canotiers par la description détaillée de leurs bateaux.

## COMMENTAIRE DÉTAILLÉ DES UNITÉS 2A À 6A

### UNITÉ 2A
### Première vision de la famille

L'unité de cet *incipit** réside dans la présentation initiale des personnages, qui se trouvent comme immobilisés devant le regard du lecteur par leur disposition dans la carriole. Nous analyserons la mise en place du contrat de lecture dans cette nouvelle réaliste et les caractérisations sociologiques et psychologiques des personnages.

---

1. L'étude de Maupassant sur « Le Roman » oppose le « roman objectif » au « roman d'analyse pure ». Voir les pages 11 et104-105

## Narration : une ouverture dynamique

Une double contrainte s'impose à tout narrateur* réaliste. D'une part, il doit fournir rapidement des informations assurant la **vraisemblance** des personnages et de leur histoire ; d'autre part, il doit ménager **l'intérêt** du lecteur, donc réserver des informations ou du moins les présenter d'une manière discrète, détournée, comme des indices préparant – et, rétrospectivement, légitimant – les développements ultérieurs d'une action qui doit surprendre sans jamais sembler gratuite. La brièveté de la nouvelle* oblige en outre le narrateur à distribuer habilement **informations** et **indices** et à réduire au minimum les temps faibles pour donner au récit un rythme soutenu.

C'est pourquoi le premier paragraphe présente un rapide rappel du passé en faisant référence aux seuls événements qui préparent et expliquent la partie de campagne. Ceux-ci sont rapportés au plus-que-parfait, le récit étant ordonné à partir d'un événement postérieur que le lecteur ne découvrira que dans une cinquantaine de lignes (dans 3A). Dans l'effet d'attente ainsi créé, le récit se trouve comme *lancé* au trot de la carriole qui emporte les personnages.

Ces derniers sont d'abord envisagés collectivement : le premier paragraphe fournit les informations indispensables à la compréhension de l'histoire en suggérant leurs motivations et leur situation sociale. Le cadre spatio-temporel, indispensable à la production d'un récit, est indiqué d'abord par le nom de Paris puis par une double référence au matin – ce qui annonce que le soir marquera la fin de cette « partie » – et à la Sainte-Pétronille, qui se fête le 31 mai. Les personnages sont ensuite individualisés dans une série d'esquisses ordonnées selon la place que chacun occupe dans la carriole (à rapprocher de la description initiale des personnages de « Boule de suif » dans la diligence). On notera que tout portrait initial est délibérément refusé et que les personnages sont vus de l'extérieur, comme par un badaud (« On apercevait… »). La **focalisation* externe** ménage, là encore, l'intérêt du lecteur, qui aura le plaisir de les découvrir peu à peu.

## Société : l'ordre petit-bourgeois

Toutefois, la brièveté de la nouvelle contraignant le narrateur à fournir rapidement un minimum de renseignements sur ses personnages, le choix de la focalisation externe ne constitue pas un parti pris rigoureux. Le nom de « Mme Dufour », le fait que M. Dufour ait dû emprunter « la voiture du laitier », la joie avec laquelle les personnages accueillent la partie de campagne suffisent à caractériser une famille de boutiquiers parisiens. Le lecteur d'aujourd'hui découvre ainsi un milieu social où la vie est réglée par des usages bien établis. Les parents pratiquent le malthusianisme bourgeois (illustré, à la même époque, par l'attitude des Pichon dans le *Pot-Bouille* de Zola) : ils n'ont qu'une fille, qui sera leur héritière. (Une équivoque – voulue ? – plane sur le « garçon », qui pourrait passer d'abord pour un autre enfant ; elle est levée dans 8B, qui le désigne comme « l'apprenti ».) Laborieuse, cette famille gère prudemment sa vie : un petit plaisir est décidé cinq mois à l'avance. Juchée sur sa carriole, elle affiche hautement une **structure hiérarchique** et des principes.

Le père, qui tient les rênes, fait montre d'une autorité que la suite du récit va démentir plaisamment. La mère, à la place d'honneur, exhibe sa joie (la « partie » est d'ailleurs organisée en son honneur) mais aussi son embonpoint (simplement suggéré, pour l'instant, par le verbe « s'épanouissait »), souligné par une robe de fête de couleur (ou de forme ?) voyante : les petits-bourgeois ont mauvais goût… La grand-mère et la fille occupent le deuxième rang, en femmes dépourvues de responsabilités. L'apprenti, enfin, « étendu tout au fond », doit cette mauvaise place à son sexe, à son âge et à sa condition.

### Psychologie : une caractérisation minimale

Les personnages ne reçoivent que des qualifications sociologiques. Le seul trait distinctif concerne « la chevelure jaune [du] garçon », qui reçoit ici plusieurs connotations*. Ce détail physique est à la fois inesthétique (« blond » serait neutre, voire mélioratif) et mystérieux : par sa singularité même, il apparaît au lecteur comme un indice appelant un développement ou du moins une explication. Un des effets de surprise recherchés par le narrateur consistera à décevoir l'attente du lecteur en faisant de cette chevelure jaune une simple marque de laideur et de son possesseur un personnage falot. La « jeune fille » est moins caractérisée, conformément à l'esthétique de Maupassant qui caricature d'un trait un personnage secondaire et laisse dans une plus grande indétermination celui que le récit a pour fonction de faire connaître.

La joie collective de ces Parisiens est présentée, implicitement, comme l'effet de la saison sur la nature humaine. Dans les récits de Maupassant, une belle journée de printemps (nous sommes le 31 mai) invite au bonheur et à l'amour, comme en témoigne cet *incipit* : « Lorsque les premiers beaux jours arrivent, que la terre s'éveille et reverdit, que la tiédeur parfumée de l'air nous caresse la peau, entre dans la poitrine, semble pénétrer au cœur lui-même, il nous vient des désirs vagues de bonheurs indéfinis, des envies de courir, d'aller au hasard, de chercher aventure, de boire du printemps » (« Au printemps », I, 284 [1]). Plus sobre, le narrateur d'*UPC* bannit – pour l'instant – tout lyrisme mais l'indice temporel (même indirect) et l'impatience des personnages, qui ont attendu « cinq mois » cette partie de plaisir, préparent le surgissement de cette **thématique du désir**.

## Écriture : une discrète ironie

La relative indistinction initiale des personnages est visible dans l'emploi systématique du pronom personnel indéfini « on ». Plus que d'un véritable indéfini, il a ici la valeur d'un « ils » désignant les membres de la famille Dufour. Il exprime la cohésion d'un groupe doté uniquement de qualifications sociologiques et uni – en apparence, du moins – autour des mêmes goûts et des mêmes valeurs. C'est aussi, de la part du narrateur, une marque d'ironie.

On peut en relever deux autres. D'une part le prénom de la mère contraste avec le nom qu'elle tient de son époux. Contrastant (jurant) avec « Mme Dufour », qui sonne comme une raison sociale et dénie à la femme toute personnalité, « Pétronille » introduit un brin de fantaisie champêtre et suggère la dualité du personnage. Affublée d'un tel prénom et d'une « robe de soie cerise », la boutiquière ne passe pas inaperçue. D'autre part, la carriole du laitier, de conception toute fonctionnelle, est transfigurée de manière grotesque par l'évocation du rideau de derrière qui « flott[e] au vent, comme un drapeau ». La comparaison contraste avec l'image peu martiale que la littérature de cette époque donne des petits-bourgeois : les Dufour, joyeux,

1. Les références des citations indiquent le tome (I ou II) et la page dans l'édition de La Pléiade.

partent en conquérants, la campagne leur appartient, ils ignorent évidemment qui, au cours de cette « partie », sera possédé…

## UNITÉ 3A
## Le trajet de Paris à Bezons

Le passage tire son unité des repères qui ordonnent le déplacement des personnages dans un espace géographique déterminé et qui contribuent à donner l'illusion de la réalité. La famille, toujours immobile dans la voiture, est encore appréhendée globalement, selon une visée essentiellement sociologique. Toutefois, l'impassibilité du narrateur n'exclut pas un investissement personnel.

### Narration : l'inscription de la fiction dans le réel

Le récit reproduit le déroulement chronologique du voyage, marqué par des repères temporels (« Le soleil commençait à brûler ») et surtout spatiaux. Bien que le paysage soit censé être vu par les personnages, la description des lieux est prise en charge par un narrateur anonyme qui prend soin de baliser l'espace de la fiction par des repères connus : du rond-point de Courbevoie (aujourd'hui La Défense), « on » pouvait effectivement voir « à droite » (au nord) Argenteuil, puis Sannois et Orgemont, « à gauche » (à l'ouest) Saint-Germain et Marly, « en face » (au nord-ouest) « le nouveau fort de Cormeilles », en construction depuis 1875. **L'illusion référentielle** naît de l'exactitude de ces indications toponymiques : situés dans un espace géographiquement défini, les personnages peuvent être considérés comme des êtres *vrais* et, plus largement, la fiction se trouve légitimée par son inscription dans un espace *réel*. C'est pourquoi le narrateur assume jusqu'au bout son rôle de guide, développant et explicitant les réactions des personnages en faisant référence à une expérience qui pouvait être celle des Parisiens de 1881.

Il poursuit en outre un double objectif. Il assure d'abord la progression de l'action en donnant un résumé rapide (un sommaire*) de ce qui s'est passé avant l'arrivée des personnages devant l'auberge. Le récit en est encore à son prologue et, comme dans le passage précédent (2A), les actions des Dufour sont d'abord rapportées au plus-que-parfait. Le rythme du récit ralentit ensuite avec l'arrivée à l'auberge, marquée par l'emploi du premier passé simple (« La voiture s'arrêta ») : une première scène* va commencer. Mais le sommaire se trouve lui-même interrompu par des descriptions qui vont à l'encontre de la rapidité voulue par le narrateur.

### Écriture : ironie et rhétorique

Dans cette unité 3A, alternent ainsi une écriture de type documentaire, comparable à celle des chroniques, dans laquelle les personnages ne sont plus que les porte-parole et les « porte-regard » du narrateur, dont ils semblent partager les émotions, et la relation des actions et des propos des Dufour, qui réintroduit instantanément une distance critique. On trouve là une première manifestation de **l'ambiguïté de la position adoptée par le narrateur** : les personnages sont présentés avec une ironie sensible quand ils incarnent les ridicules des petits-bourgeois mais aussi avec une discrète sympathie dans la mesure où ils participent de la condition humaine en général.

La description des paysages prend la forme de **tableaux autonomes**, détachables : c'est l'*ekphrasis* de la rhétorique antique, qui permet à l'écrivain de faire la preuve de son art. On mesurera la spécificité de ce passage (qui va de « À droite » à « moins agréable encore ») en le comparant à la présentation de l'auberge, où la brève pause descriptive est prise en charge par le personnage de Mme Dufour qui « regard[e] la maison longuement ».

Les deux tableaux forment un **diptyque contrasté**. Dans le premier, la volonté de faire œuvre d'art est visible dans la précision géographique, la composition solide, le jeu des lignes et des plans qui visent à suggérer l'immensité du paysage. S'affirme déjà, symboliquement, le pouvoir « formidable » de la nature sur les personnages qui la contemplent et qui recherchent son contact. Dans le second, le choix du sujet semble un défi à l'art et c'est par antiphrase qu'il est question de la « végétation » des cheminées d'usine et du « parfum de pétrole ». Observateur lucide et pessimiste du monde moderne, Maupassant n'écarte aucun motif*, surtout quand il donne une image sordide de la condition humaine. À ceux qui ont dû traverser cette plaine dominée par des images de maladie, de pourriture et de mort, le charme des bords de Seine ne sera que plus sensible. Par là, la description contribue à la préparation de l'action.

**Société : les bourgeois et la « campagne »**

L'évolution des sentiments des personnages est d'abord conforme à leur condition sociale. Le texte suggère qu'il est de la *nature* petite-bourgeoise de s'extasier devant la campagne, dont la valorisation constituait un lieu commun, si l'on en juge par le *Dictionnaire des idées reçues* de Flaubert : « *Campagne*. Les gens de la campagne meilleurs que ceux des villes ; envier leur sort. – À la campagne, tout est permis : habits bas, farces, etc. ». (Les Dufour vont réaliser point par point ce programme, les deux femmes poussant même la farce très loin.) À cet article, Maupassant pourrait ajouter un seul mot : « s'attendrir ». C'est ce que fait Mme Dufour dès que son mari lui en a donné le « signal » en déclarant solennellement : « Voici la campagne, enfin ! »

Une chronique d'avril 1881 présente cette campagne suburbaine comme une **nature convenue** : « La campagne, pour le Parisien, c'est Meudon, Saint-Cloud, Asnières ou Argenteuil. Là, il se dilate, s'amuse. Mais, si on le transportait dans la vraie campagne, au milieu des champs silencieux, tranquilles, immobiles, où poussent les récoltes épaisses, où seuls, un cri d'oiseau, un mugissement de vache traversent parfois la muette solitude, il serait saisi d'inquiétude et redemanderait vite sa petite campagne à canotiers tapageurs, à chemins de fer, à bastringues » (« Propriétaires et lilas », *Chro.*, 1, 215). « Cette partie de la France qui s'étend entre les fortifications et la province » occupaient ordinairement, à la belle saison, « les dimanches d'un bourgeois de Paris ». Les lecteurs retrouvaient des paysages familiers, souvent évoqués par Maupassant, et pouvaient, en imagination, franchir avec les Dufour « les fortifications » (qui ont ceinturé la capitale jusqu'au lendemain de la Première Guerre mondiale) et le pont de Neuilly, puis, comme les « grosses dames aux toilettes farces » (comiques) juchées sur l'impériale du tramway de Neuilly, traverser « cette campagne à dépotoirs qui borde Paris » (« En famille »), avant de parvenir aux gargotes et guinguettes sur l'autre boucle de la Seine.

La nouvelle fait donc référence à des **pratiques sociales** courantes. Lieu de plaisir, cette campagne était aussi censée avoir des vertus revigorantes sur les Parisiens privés d'air et de verdure. C'est précisément « dans le village de Bezons » que vont séjourner deux jeunes mariés sans enfant quand le testament d'une tante les met en demeure d'avoir rapidement un héritier pour percevoir le million qu'elle lui laisse. Le mari, de constitution faible, s'y sent vite ragaillardi, « saisi soudain par des ardeurs qu'il ne connaissait plus, des besoins de courir comme un jeune cheval, de se rouler sur l'herbe, de pousser des cris de joie » (« L'Héritage », II, 36). Les Dufour entendent bien profiter au maximum des bienfaits de la campagne, ils ont relevé les rideaux de la carriole « pour voir le paysage » (2A), ils jouissent de l'élargissement de l'horizon dès qu'ils ont quitté Paris, puis éprouvent un véritable « ravissement » devant la rivière. Ils choisissent une auberge dont « la vue » donne sur le fleuve.

Les autres attitudes des Dufour sont conformes aux **stéréotypes** diffusés par les écrivains et les caricaturistes de l'époque. En bon bourgeois, le mari appelle sa femme « Mme Dufour », et non par son prénom, comme s'il veillait à sa respectabilité jusque dans l'intimité familiale. Cela ne signifie pas pour autant qu'elle soit réduite au rang d'épouse de son mari. Dans *Le Ventre de Paris*, de Zola, c'est bien la charcutière Lisa qui dirige la maison, et il pourrait bien en aller de même ici : la méfiance de Mme Dufour, lisant, après son mari, la pancarte du restaurant, son regard inquisiteur et son hésitation à se décider montrent qu'elle détient une autorité secrète, qu'elle exerce avec le sens de l'économie caractéristique des bourgeois.

## Psychologie : le charme de la rivière

Si le narrateur prend quelque distance par rapport aux bourgeois qui s'attendrissent d'une manière systématique devant « la campagne », il semble partager le « ravissement » qu'ils éprouvent sur la rivière. Maupassant, familier des bords de Seine, attribue ses propres impressions à ses personnages, désignés maintenant par un « on » qui renvoie non plus au groupe des bourgeois, sociologiquement définis, mais à l'homme en général. Le narrateur est ici une image fidèle de l'auteur qui, en juin 1883, avait effectué un voyage en yole « De Paris à Rouen » : « L'air est doux, le charme pénétrant des rivières calmes vous enveloppe, vous possède ; on respire lentement avec une joie infinie, dans un bien-être absolu, dans un repos divin, dans une souveraine quiétude » (*Chro.*, 2, 221). Les mêmes motifs apparaissent dans les deux textes, qui établissent une relation étroite entre des sensations et des sentiments agréables, et même euphoriques, et le paysage fluvial qui semble pénétrer l'homme avec l'air qu'il respire.

Dans les années 1870, Maupassant, très sensible au charme des bords de Seine, a souvent fui Paris et les bureaux des ministères où il était employé pour se réfugier à Argenteuil, Bezons, Chatou ou Sartrouville (et, plus tard, à Poissy et Triel), où il menait, en compagnie d'autres canotiers et de femmes peu farouches, une vie libre et grisante qu'il a évoquée dans plusieurs récits : « Ma grande, ma seule, mon absorbante passion, pendant dix ans, ce fut la Seine. [...] Comme d'autres ont des souvenirs de nuits tendres, j'ai des souvenirs de levers de soleil dans les brumes matinales, flottantes, errantes vapeurs, blanches comme des mortes avant l'aurore, puis, au premier rayon glissant sur les prairies, illuminées de rose à ravir le cœur ; et j'ai des souvenirs de lune argentant l'eau frémissante et courante, d'une lueur qui faisait fleurir tous les rêves » (« Mouche[1] »). En 1875, il prenait pension justement au « Restaurant Poulin », qui était à l'enseigne du Poulain. Ce jeu sur le nom du propriétaire ne devait pas déplaire à l'écrivain, que sa mère avait surnommé le Poulain : il était là dans son élément.

## UNITÉ 4A
## L'arrivée à l'auberge

Ce passage apparaît comme une scène, parfaitement délimitée dans l'écriture et dans la composition : les deux « Alors » encadrent une série d'énoncés d'inégale longueur (l'un constitue un portrait) qui décrivent la manière dont chaque personnage descend de voiture. Les différents membres de la famille reçoivent ainsi des qualifications individuelles qui établissent entre eux un réseau de relations contrastées.

### Narration : le refus de la psychologie

Les personnages n'ont été jusqu'ici caractérisés que par leur appartenance à un groupe (désigné par « on »), par la place qu'ils y occupent et, pour les parents, par quelques répliques. En décrivant leur descente de voiture, le narrateur dévoile un peu de leur individualité, conformément à un parti pris de nar-

1. Voir aussi « Au printemps », « La Femme de Paul », « Yvette », « Ça ira » et *Bel-Ami* (II, 1 et II, 9).

ration objective que Maupassant a défini dans une chronique de 1882 : « Je considère que le romancier n'a jamais le droit de qualifier un personnage, de déterminer son caractère par des motifs explicatifs. Il doit me le montrer tel qu'il est et non me le dire. Je n'ai pas besoin de détails psychologiques. Je veux des faits, rien que des faits, et je tirerai les conclusions tout seul[1] ». Cette **impersonnalité** interdit toute analyse psychologique : ne sont donnés que les éléments de caractérisation physique liés aux gestes des personnages tels que pourrait les percevoir un quelconque témoin.

Les deux traits qui, dans 2A, distinguaient déjà Mme Dufour et l'apprenti, apparaissent maintenant au lecteur comme constitutifs de leur *étiquette*[2]. L'*épanouissement* corporel de la boutiquière, notamment l'ampleur de sa poitrine, est ainsi longuement (lourdement ?) décrit ; elle sera, pour le reste du récit, « la grosse dame » (12C et 16E), voire « l'énorme dame » (14D). Anonyme, l'apprenti est désigné par une périphrase récurrente : « le garçon [ou le jeune homme] aux cheveux jaunes » (6A, 8B, 9B, 15D, 17E) serait-il un simple comparse ? Les autres personnages, « M. Dufour », « la jeune fille », « la grand-mère », ne reçoivent pas non plus, explicitement, de qualifications nouvelles. Cette inégalité de traitement découle des choix narratifs : la mère seule fait l'objet d'un portrait parce qu'elle est plus *voyante* et que sa descente de voiture constitue une petite scène, à la fois comique et révélatrice. Mais la **composition** trahit aussi un calcul : elle place Mme Dufour en position de personnage principal pour permettre l'effet de surprise que produira, dans 5A, la découverte de sa fille.

Au total, les différents membres de la famille reçoivent un début de caractérisation qui permet d'esquisser les relations qu'ils entretiennent et donc de préparer le développement de l'action.

---

1. « Romans », *Chro.*, 2, 42. Dans *L'Œuvre*, Zola jette aussi le discrédit sur la psychologie : « Qui dit psychologue dit traître à la vérité » (chap. VI).
2. L'*étiquette* d'un personnage est l'ensemble des marques qui le constituent : nom, prénoms, périphrases récurrentes (voir Philippe Hamon, *Le Personnel du roman. Le système des personnages dans Les Rougon-Macquart d'Émile Zola*, Droz, 1983).

**Écriture : un portrait charge**

Mme Dufour fait l'objet d'un bref portrait de cinq lignes qui emprunte ses éléments à des stéréotypes. Le personnage présente une ressemblance marquée avec d'autres figures féminines.

Comme Lisa Quenu, la charcutière du *Ventre de Paris*, elle représente le type de la bourgeoise précocement empâtée mais qui ne semble nullement incommodée par sa grosseur. Celle-ci, comme le corset qu'elle rend particulièrement nécessaire, manifeste son appartenance à une classe qui se plaît à afficher les signes de sa prospérité (même quand elle est, comme ici, très relative) et de sa morale. Ce n'est pas une coquetterie suspecte mais son embonpoint et le mauvais aménagement de la carriole (elle n'a pas été conçue pour transporter des voyageuses) qui l'obligent à montrer le bas de sa jambe[1]. La sexualité du personnage, connotée par l'hypertrophie de sa féminité (« sa poitrine surabondante »), semble refoulée par la rigueur de sa *tenue*, tout à fait symbolique : Mme Dufour doit connaître « l'étreinte de son corset » plus souvent que celle de son mari. Le **puritanisme petit-bourgeois** convertit le désir en appétit et la sensualité en graisse. La maigreur serait l'indice d'une vie marquée par les privations ou par une dépense excessive d'énergie sexuelle.

Comme Boule de suif, qu'un « embonpoint précoce » – et notamment « une gorge énorme » – mais aussi une figure fraîche et rouge rendent « appétissante » (I, 91), Mme Dufour est « épanouie et réjouissante ». On peut se demander toutefois ce que recouvre cette dernière qualification : contrairement à la prostituée, qui fait « plaisir à voir », la petite-bourgeoise semble susciter une curiosité amusée plus que le désir et un des deux canotiers devra « se dévou[er] » pour se montrer galant avec elle. Quoi qu'il en soit, **le refoulement même appelle le défoulement** et cette chair « fluctuante », vivante, ne demande qu'à se libérer de la « machine » qui la contient et la contraint ;

1. Au plan de la narration, ce geste obéit en outre à deux autres motivations : il justifie le geste du mari, permettant ainsi de révéler un aspect de sa personnalité ; il légitime la description de la jambe, qui semble avoir été *vue* par le narrateur. L'économie de moyens est caractéristique de l'écriture de la nouvelle chez Maupassant.

l'adjectif « fluctuante » suggère d'ailleurs une détermination aquatique, encore virtuelle mais que la rivière va actualiser.

Les autres membres de la famille sont définis en relation avec Mme Dufour.

### Psychologie : une structure en couples

La description ordonnée des personnages, au moment où, l'un après l'autre, ils mettent pied à terre, fait apparaître quatre couples.

Dans **le couple des parents**, le personnage de M. Dufour semble l'opposé de sa femme puisqu'il lui pince le mollet en public. Le geste est commun à l'époque, surtout avec les femmes bien en chair comme Mme Dufour (Zola écrit ainsi dans *L'Assommoir* : « Les hommes aimaient à la pincer, parce qu'ils pouvaient la pincer partout sans jamais rencontrer un os »). Il révèle ici l'effet immédiat de la campagne sur le petit-bourgeois parisien, tout à fait disposé à se dépouiller, le temps d'« une partie », de sa gravité prudhommesque (dont l'emblème pourrait être cette redingote qu'il retire quelques lignes plus loin : « habits bas », disait Flaubert). Mais il trahit aussi une donnée plus individuelle : le mari semble d'autant plus « émoustill[é] » à la campagne qu'il se montre froid à la maison. Le manque de *tempérament*, voire l'impuissance ou la stérilité est aussi un trait caricatural du bourgeois et la suite du récit montrera assez que M. Dufour tire tout son plaisir de la nourriture et de la boisson. L'inversion des attitudes du mari et de la femme devant la sexualité sera une des nombreuses surprises que ménage le récit.

**Le couple des jeunes** est lui aussi conçu sur le mode antithétique, bien que l'opposition des tempéraments ne soit encore que suggérée. La prudence dont fait preuve le jeune homme en descendant de la carriole augure mal de ses capacités physiques et de ses sentiments : il ne manifeste pas le moindre égard pour la jeune fille, qu'il avait pourtant un excellent prétexte pour approcher. Celle-ci, de son côté, ne recherche pas sa compagnie, elle « saut[e] légèrement toute seule ». Cet indice de la vitalité du personnage ne pourra être compris que rétrospectivement. Il en va de même de l'expression « les hommes [...] rejoignirent *leurs dames* », la seule qui suggère l'existence de ce couple avant la séquence finale :

le narrateur, qui entend préparer les développements ultérieurs (et vraisemblables) du récit tout en ménageant des effets de surprise, est tenu à cette discrétion.

**La mère et la fille** se ressemblent, malgré l'opposition de leurs qualifications physiques : le narrateur, qui se définit par là même comme un grand connaisseur et amateur de femmes (ce qui le rapproche des deux canotiers), décèle sous l'« envahissement de graisse » qui déforme Mme Dufour une « finesse » de jambes qu'il attribuera bientôt à sa fille (dans 5A). L'obésité est donc le résultat du mode de vie de la boutiquière, la mère préfigure ce que sera la fille. Enfin, **le patron et son apprenti** sont constitués en couple par l'expression « les hommes » et par le fait qu'ils accomplissent ensemble les mêmes actions (ils s'occupent de la grand-mère puis du cheval puis rejoignent « leurs dames »).

Reste **la grand-mère**, objet encombrant qu'il faut « décharger ». Cette situation la rapproche de Mme Dufour, déposée à terre « comme un énorme paquet ». Le narrateur ne précise pas leur lien de parenté mais, là encore, la plus âgée semble offrir à l'autre l'image de ce qui l'attend.

## UNITÉ 5A
## Portraits de femmes

Ce passage, très travaillé, et qui reprend un motif pictural, juxtapose et oppose les descriptions de la fille et de la mère sur les balançoires. Les deux femmes suscitent soudain l'intérêt du lecteur, qui commence à entrevoir les développements possibles de l'action.

### Rapprochements : le motif de l'escarpolette

La femme sur l'escarpolette*, en galante compagnie, est un motif* de la peinture du XVIII^e^ siècle, que Maupassant pouvait difficilement ignorer après les ouvrages des Goncourt (*L'Art au XVIII^e^ siècle*, 1859 ; *Watteau*, 1876). Dans *Les Hasards heureux de l'escarpolette*, de **Fragonard**, « la peinture fige un instant. L'esthétique du rococo veut que cet instant pictural ait son éloquence particulière, qu'il retienne la pointe aiguë d'une situation fugitive, qu'il figure *une occasion* » (Jean Starobinski, *L'Invention de la liberté. 1700-1789*, Skira, 1964). L'*occasion* est donnée à un jeune homme, couché derrière un buisson de rosiers, de jeter un regard ardent sous la robe d'une jeune femme que la balançoire a conduite juste au-dessus de lui. Elle est au sommet de sa course, elle va redescendre ; le voyeur entrevoit un pied tendu qui tente vainement de rattraper une chaussure envolée et une jambe que ce geste découvre jusqu'au genou. L'amour naîtra-t-il de ce *hasard heureux* ? À l'arrière-plan, deux petits amours de pierre surveillent la scène, qui se déroule sous les frondaisons généreuses d'un parc à l'anglaise…

En 1876, quand le peintre impressionniste **Auguste Renoir** peint à son tour *La Balançoire* (contemporain du célèbre *Moulin de la Galette*), le cadre a changé. Le tableau évoque une réunion d'amis dans le jardin ombragé du peintre. Un jeune homme, que l'on voit de dos, est campé devant une jeune femme rêveuse, debout sur une balançoire immobile. Sa pose met en valeur la ligne alanguie de son corps à la taille haute et aux hanches marquées. Son interlocuteur lui parle-t-il d'amour ? C'est ce que suggère le jeu des regards : la jeune femme, par pudeur semble-t-il, détourne le sien de celui du jeune homme, que l'on devine rivé sur elle. À gauche, un homme observe malicieusement son ami et un amour d'enfant, bien réel celui-là, la tête levée vers la jeune femme, semble attendre le dénouement de la scène.

Deux ans plus tard, **Zola** situe la scène dans « un jardin bourgeois ». Une jeune veuve, Hélène Grandjean, debout sur une balançoire, « les bras élargis, la gorge en avant, […] la tête abandonnée en arrière, fuyante et pâmée, les paupières closes », revit les « parties » qui faisaient son bonheur quand elle était jeune fille : « c'était sa jouissance, ces montées et ces descentes, qui lui donnaient le vertige ». Le mouvement met en évidence sa beauté et semble éveiller l'amour. « Sa natte échevelée », ses jupons claquant au vent attirent le regard de celui qui va devenir son amant : « elle était superbe, grande et forte, avec sa pureté de statue antique, ainsi balancée mollement, dans le soleil printanier » (*Une page d'amour*, I, 4). La réunion des motifs de la balançoire, de la nature printanière, de la beauté plastique du corps féminin et de l'amour naissant constitue désormais un *topos**.

### Écriture : deux tableaux antithétiques

Chez Maupassant, une **intention satirique** préside d'abord à la reprise du *topos*. En mai 1881 (*UPC* est publiée en avril), le chroniqueur se moque des balançoires, « ces odieux engins de plaisir, la joie des femmes à la campagne, instruments de migraine et de maux de cœur, qui, le dimanche, emplissent la banlieue parisienne de leur mouvement régulier, incessant, monotone, étourdissant » (*Chro.*, 1, 218). Dans la phrase qui montre les « dames installées *déjà* sur les escarpolettes », l'emploi de l'adverbe suggère que, comme l'annonce l'enseigne de l'auberge, « fritures, [...] bosquets et balançoires » constituent les plaisirs obligés d'une partie de campagne.

La satire est encore plus nette dans la description de Mme Dufour, qui s'oppose point par point à celle de la jeune fille, comme un **contre-blason** à un blason*. L'image ridicule du personnage, déjà présentée dans 4A au moment de la descente de voiture, est ici accentuée : rendue presque impotente par son poids, incapable de se mouvoir seule et même de se tenir debout sur la planchette, criant de peur après avoir supplié son mari de lui donner de l'élan, « cramponnée aux cordes » de manière comique, la mère suscite l'hilarité des gamins et du lecteur. La comparaison de ses formes tremblotantes à « de la gelée sur un plat » ne fait pas d'elle une femme très appétissante.

Au contraire, **le blason de la jeune fille** célèbre, en un portrait ordonné, sa féminité et sa jeunesse : « mince de taille et large de hanches », elle a les formes pleines et fermes qui ont dû être celles de sa mère dix-huit ans plus tôt. Du *topos**, Maupassant reprend l'élément plastique : le mouvement de la balançoire, dessinant et dévoilant le corps, révèle les charmes de la femme (silhouette, poitrine, jambes). Il y ajoute une donnée plus secrète qui échappe à la peinture : le parfum (Zola avait écrit de son côté : « Une brise se dégageait d'elle et soufflait dans le jardin »). Le rire que la jeune fille suscite chez son père et son fiancé n'a rien de moqueur : c'est leur manière, un peu niaise, surtout pour le jeune homme, de réagir à la sensualité qui émane d'elle. Le parallélisme de la composition (chaque portrait s'achève par une longue phrase, rythmée par un « et » conclusif qui introduit la vision des spectateurs) souligne encore l'opposition des deux blasons.

**Psychologie : le langage des corps**

Par-delà leurs différences physiques (conséquences de l'âge, avons-nous dit), la mère et la fille partagent pourtant le **même besoin de jouissance**.

C'est explicite pour la mère (« elle jouissait d'être étourdie par le va-et-vient de la machine ») qui a demandé instamment à son mari de la pousser. « À la fin », il s'exécute comme s'il entreprenait « un travail » : cette situation, qui permet pourtant le rapprochement des corps et dont la charge érotique est évidente, n'éveille en lui aucune pensée libertine, comme si sa libido* s'était épuisée dans le geste grivois de pincer le mollet de sa femme. Pour ce qui est des exercices du corps, le petit-bourgeois semble promettre plus qu'il ne peut tenir. Mme Dufour, elle, témoigne d'une hypersensibilité au « mouvement » qui pourrait bien avoir une valeur symbolique, comme la balançoire, cette « machine » dont « le va-et-vient » met en émoi les corps de femme… Le texte suggère donc que la vie sexuelle des époux doit être réduite du fait du peu d'ardeur du mari.

De la même manière, sur sa balançoire, Mlle Dufour révèle un corps fait non seulement pour être aimé (il suscite immédiatement un désir violent) mais pour aimer. Ses qualifications physiques sont autant d'indices : ses formes, d'une féminité sans afféterie, sont celles d'un corps désireux de vivre pleinement l'amour, ses « yeux très grands » expriment le désir et l'attente, son teint de brune l'intensité de ses sentiments. Chapeau emporté, jupes relevées, elle s'abandonne au plaisir du mouvement comme, plus tard, aux caresses du canotier, et, une fois surmontée sa maladresse initiale, son attitude (« bras tendus », « poitrine [dressée] », « efforts des reins ») semble d'ailleurs déjà celle d'une amante. Elle représente ce genre de femmes dont on disait par euphémisme qu'elles avaient du *tempérament* et que Maupassant a incarnée dans le personnage de Mme de Marelle, « une petite brune, de celles qu'on appelle des brunettes », dont « la gorge ronde » séduit tout de suite Duroy et lui inspire un désir brutal (*Bel-Ami*, I, 2 et 5). Ce portrait, qui constitue un **hymne à la femme sensuelle**, s'achève sur l'évocation de « l'air de ses jupes, plus capiteux que les vapeurs du vin » (noter le décasyllabe à la clausule du portrait). « Dans l'imaginaire sensoriel de Maupassant », écrit Mariane Bury (*La Poétique de Maupassant*, SEDES, 1993, pp. 80-81), « les femmes qui ne sont pas susceptibles d'amour ne sentent pas bon » : Henriette, elle, paraît vouée à l'amour mais elle vit avec des hommes qui préfèrent le vin…

**Narration : impersonnalité et sensibilité**

Comme dans *Thérèse Raquin*, le drame (secret, étouffé) va naître de **l'opposition des tempéraments**. Quelques lignes ont suffi à suggérer, sous la banalité apparente de cette partie de campagne, une situation conflictuelle. La balançoire fonctionne comme une « machine » à révéler les caractéristiques physiques et, par là même, « les dedans des personnages ». Maupassant est fidèle à ses principes : « montrer les personnages si puissamment que tous leurs dessous soient devinés rien qu'à les voir ; les faire agir de telle sorte qu'on dévoile au lecteur, par les actes seulement, tout le mécanisme de leurs intentions, sans entreprendre en eux un voyage géographique, avec la carte des désirs et des sentiments, ne serait-ce pas là faire du vrai roman, dans la stricte et, en même temps, la plus grande acception du mot ? » (« Romans », *Chro.*, 2, 42).

L'économie de moyens n'exclut pas l'intervention du narrateur, marquée par l'emploi de la deuxième personne et d'une formule (« *une de ces* femmes ») par laquelle Maupassant signale souvent l'appartenance d'un personnage à un type. Elle implique le lecteur dans le récit en lui attribuant la sensibilité qui est censée être celle de tout homme, mais elle définit aussi un univers personnel, une forme d'**angoisse existentielle** qui associe le désir à « une inquiétude vague ». Dans la reprise du motif pictural, rien ne demeure de l'atmosphère délicatement libertine du XVIII^e^ siècle. Ce n'est plus « l'amour à la mode, galant, badin, ravisseur », « l'amour dans une élégance de polissonnerie », dans le « jardin de délices [où] Fragonard lance une petite marquise de Crébillon sur une escarpolette » (les Goncourt), c'est le désir violent, physique, qui abolit tous les calculs.

Dans son adaptation, le cinéaste Jean Renoir accorde une place importante à cette scène. Il lui ajoute deux spectateurs amusés, les canotiers, qui semblent ne voir là que la promesse d'une bonne fortune. **L'originalité de Maupassant** réside, au contraire, dans la relative gravité du récit, qui suggère, dès cette présentation initiale, une vision ambiguë et plutôt pessimiste de la vie.

## UNITÉ 6A
## Les yoles

### Narration : la présence du narrateur

La présentation initiale des personnages s'achève avec ce passage. Lors de la commande du déjeuner, l'ordre et le contenu des répliques donnent un nouvel aperçu sur la hiérarchie familiale : les parents et la fille disent ce qu'ils attendent de leur partie de campagne, affichant naïvement leurs goûts de petits-bourgeois parisiens. La grand-mère et l'apprenti, qui n'ont pas droit à la parole, se font ensuite connaître en manifestant leur intérêt pour le chat et les bateaux.

Le narrateur conserve ici une **distance critique** par rapport aux personnages. La modalisation* est manifeste dans les incises (« articula », « répéta gravement », « disait-il »), l'emploi, pour rapporter les vantardises de M. Dufour, d'un langage familier (« il se fichait de », « voire même que »), du discours* indirect libre et d'un vocabulaire péjoratif* (« pérorant »).

Cela ne fait que mieux ressortir la spécificité de la longue phrase consacrée aux yoles*, où le présent, le vocabulaire métaphorique, l'abondance des notations descriptives, les rythmes binaires et ternaires font reconnaître une **intervention lyrique** du narrateur.

### Écriture : des motifs symboliques

Le passage s'organise autour de trois motifs* successifs et convergents.

**Le chat** fait l'objet d'une longue description, à la mesure de l'intérêt que l'écrivain témoignait pour cet animal. « Sur les chats » (1886), à la fois chronique et conte, évoque leur sensualité et « l'égoïsme perfide de leur plaisir » (II, 694). À portée de main et pourtant inaccessible, le chat symbolise ici l'incommunicabilité entre les êtres et le caractère illusoire du plaisir. Tout à fait comparable, dans l'univers de Maupassant, à la femme et à l'eau, qui donnent des plaisirs éphémères, il forme avec la grand-mère un couple symbolique de la condition de l'homme mené et déçu par ses désirs.

**Les yoles** sont elles aussi associées à la femme, dont elles ont l'élégance, la finesse, la fragilité, le luxe. Le rapprochement de ces « deux grandes filles minces » avec Henriette, « grande, mince de taille », est d'ailleurs explicite. De même que la jeune fille inspire « un désir subit », les yoles « donn[ent] envie de filer sur l'eau ». Cette association est fréquente chez Maupassant qui, en 1883, décrit ainsi la yole avec laquelle il venait d'aller « De Paris à Rouen » (avec un arrêt à Médan...) : « Notre embarcation, si légère qu'un seul de nous peut la porter, longue, mince, élégante, vernie à se mirer dedans, membrée d'acajou, pointue comme une aiguille de bois, si plate qu'elle n'entre point dans l'eau et glisse dessus comme si elle patinait, si mince qu'un pied posé hors des planchers la crèverait aussitôt, si étroite qu'un mouvement brusque la ferait chavirer, nous inspire autant d'affection qu'un être humain » (*Chro.*, 2, 220).

Enfin **le martin-pêcheur** et l'éclair bleu de son envol constituent un motif récurrent dans les paysages de rivière brossés par Maupassant. Il figure notamment dans la chronique précédente : « Un martin-pêcheur passe comme un éclair bleu dans un rayon de soleil » (*Chro.*, 2, 221), dans celle intitulée « Sur et sous l'eau » : « notre petite yole [...] glisse vivement le long des berges, en faisant fuir, comme des éclairs bleus, les rapides martins-pêcheurs » (*Chro.*, 2, 425), dans « Mouche » : « le martin-pêcheur fuyait devant moi comme une flamme bleue » (II, 1169). Il contribue à l'évocation d'une nature vivante, animée d'une vie sensuelle et mélancolique dont témoigne « l'éternel frisson des roseaux » et qui donne lieu ici à un petit tableau digne de l'art japonais qu'Edmond de Goncourt avait aussi mis à la mode.

De ces trois motifs se dégage la vision d'un monde sensible et fragile, où l'intensité de la sensation semble s'annuler dans son excès même. Reste la nostalgie d'un bonheur entrevu, comme l'éclair bleu du martin-pêcheur...

**Psychologie : des désirs latents**

Pour Maupassant, la description ne constitue pas une fin en soi, elle doit créer l'« *atmosphère* spéciale, indispensable » au livre : « Créer l'atmosphère d'un roman, faire sentir le milieu où s'agitèrent les êtres, c'est rendre possible la vie du livre » (*Chro.*, 2, 41). C'est aussi vrai pour cette nouvelle où l'arrivée des canotiers et le rapide succès de leur entreprise amoureuse sont préparés par la création d'une ***atmosphère* chargée de sensualité**.

Le plaisir, chez les personnages, prend diverses formes : se balancer (Mme Dufour et sa fille, dans 5A), boire (M. Dufour commande trois bouteilles et chacun va plus ou moins s'enivrer : c'est le genre d'excès que s'autorisent les petits-bourgeois dans une partie de campagne), caresser un chat (ce qui manifeste aussi la solitude de la grand-mère), rêver devant des bateaux dont le maniement est comparé à une performance sexuelle (M. Dufour et l'apprenti). Pour les hommes et la grand-mère, ces plaisirs apparaissent comme des substituts de l'activité érotique, pour les deux femmes ce sont aussi des appels inconscients.

Ces données psychologiques se nourrissent de **stéréotypes sociologiques**. Les Dufour montrent devant les yoles l'admiration des petits-bourgeois, qui connaissent la valeur des choses, pour des objets de luxe, témoins d'une existence supérieure qui leur est inaccessible. D'autre part, l'élégance féminine des bateaux leur renvoie l'image de canotiers virils, image qui doit séduire les femmes mais irriter des hommes qui manquent précisément de virilité. C'est pourquoi M. Dufour s'invente une jeunesse sportive et gaillarde comme si sa médiocrité physique, inhérente à sa condition de petit-bourgeois, était simplement l'effet de l'âge. Il tient des propos familiers et agressifs (« il avait *rossé* les Anglais », spécialistes de l'aviron) pour mieux correspondre au personnage du canotier viril[1].

Dans l'imaginaire comme dans les pratiques sociales, les plaisirs de l'eau et de l'amour sont depuis longtemps associés mais le lien semble avoir été particulièrement fort à l'époque des canotiers. Maupassant avait baptisé sa yole *La Feuille de rose*, en référence à la « pièce absolument lubrique » qu'il avait écrite et représentée en 1875. Dans un conte de 1890, « Mouche », sous-titré « Souvenir d'un canotier », il lui donne le nom tout aussi érotique de *Feuille-à-l'envers*[2]. Notre texte montre que, au-delà du goût de l'homme pour la farce, la provocation, le libertinage, cette association de la rivière et du bonheur sensuel constitue bien un aspect du **paysage mental de l'écrivain**.

1. Sur les exploits du canotier Maupassant, voir l'unité 7B.
2. L'expression populaire, aujourd'hui vieillie, *voir la feuille à l'envers* signifie « faire l'amour dans un bois » (sous les arbres).

## SÉQUENCE B, UNITÉS 7B À 9B
### Le déjeuner sur l'herbe

**RÉSUMÉ**

Au moment de passer à table, Mme Dufour est contrariée de voir que la place ombragée qu'elle comptait occuper a été prise par deux canotiers. Ceux-ci, qui ont repéré la jeune fille, s'éloignent galamment de quelques pas afin d'engager la conversation. Leurs visages bronzés, leurs corps musclés et l'évocation de leurs exploits suscitent l'intérêt de la mère, puis de la fille. M. Dufour se renfrogne ; l'apprenti, lui, mange et boit sans discontinuer. Toute la famille, gagnée par une douce ivresse, perd peu à peu son maintien convenable : on se déboutonne, on pousse son couplet, les hommes, franchement gris, grotesques, s'essayent à la gymnastique. **[Unité 8B.]**

Les canotiers proposent une promenade aux dames. Mme Dufour supplie son mari de donner son accord, ce qu'il fait quand un canotier lui prête des lignes : il s'installe sous le pont, ravi à l'idée de prendre du goujon. Le jeune homme s'endort auprès de lui. **[Unité 9B.]**

**COMMENTAIRE GÉNÉRAL DE LA SÉQUENCE B**

### Action : la mise en place du piège

L'entrée en scène des canotiers constitue la *force transformatrice* qui déclenche **la dynamique du récit**. Sans leur intervention, Mlle Dufour et sa mère ne connaîtraient que les plaisirs habituels et convenus d'une partie de campagne, et cette journée n'aurait dans leur vie aucun retentissement. Le récit tiendrait alors davantage de la chronique que de la nouvelle.

Cette deuxième séquence narrative correspond à une **unité temporelle** : le déjeuner sur l'herbe, but originel de la partie de campagne. Elle est par ailleurs bornée par deux événements marquants qui modifient le cours de la journée : la rencontre des canotiers et la formation des deux couples sous le prétexte d'une promenade en bateau.

Après la longue séquence de préparation destinée à esquisser les personnages et l'atmosphère dans laquelle ils vivent, **la progression de l'action est donc rapide** : le repas, la chaleur et les canotiers produisent des effets convergents, les Dufour sont tombés dans un véritable piège dont le narrateur décrit le fonctionnement attendu.

### Narration : le traitement des personnages

Le narrateur prend soin de souligner **la vraisemblance de l'histoire**. Les Dufour ayant choisi de déjeuner au bord de l'eau (« pour que ce fût plus champêtre »), il est normal qu'ils rencontrent les canotiers dans cette auberge qui leur sert de port d'attache. Longuement décrite dans 5A, la beauté de la jeune fille, la seule donnée qui puisse paraître due au hasard, est maintenant bien admise du lecteur qui ne peut que trouver *naturel* l'intérêt immédiat qu'elle suscite chez deux « solides gaillards » toujours à la recherche d'aventures sportives et amoureuses. Ceux-ci disposent d'un prétexte pour engager la conversation, ils n'ont plus qu'à faire valoir leurs avantages auprès des femmes, la comparaison avec les deux petits-bourgeois qui les accompagnent leur étant évidemment très favorable, surtout dans le cadre de cette auberge.

Le comportement des différents membres de la famille étant en tous points conforme aux qualifications qui leur ont été attribuées, le narrateur « objectif » peut se contenter, la plupart du temps, de rapporter leurs actes et leurs paroles. Montrer Mme Dufour congestionnée dans son corset, la grand-mère raidie dans une dignité affectée, M. Dufour et son apprenti lamentablement pendus aux agrés, c'est prolonger et même accentuer **la satire** des petits-bourgeois commencée dès les premières lignes. L'intention satirique est sensible également dans le rapide portrait initial des canotiers.

Le narrateur entend en outre dévoiler toutes les petites ruses auxquelles les personnages ont recours, consciemment ou non. À plusieurs reprises il précise leurs mobiles ou leurs sentiments secrets, commente leurs réactions, tout en recourant à des modalisateurs* qui marquent le refus de la vision omnisciente. C'est surtout vrai pour la jeune fille : l'application du narrateur à traquer les indices de son trouble croissant (visage « fort rouge », « respiration courte ») montre qu'elle bénéficie d'un traitement particulier qui la constitue peu à peu en héroïne par le fait même qu'elle connaît un début d'évolution qui échappe à la simple détermination sociologique de son milieu. Les sentiments de l'apprenti, au contraire, nous restent inconnus, le personnage est délibérément réduit à une caricature. Cette **inégalité de traitement** est calculée pour produire des effets de surprise successifs.

## COMMENTAIRE DÉTAILLÉ DES UNITÉS 7B À 9B

### UNITÉ 7B
### La rencontre des canotiers

**Narration : le jeu des regards**

La famille Dufour ayant été longuement – mais inégalement – décrite dans la séquence initiale, le narrateur doit maintenant présenter les personnages nouveaux. Jusque dans la séquence suivante (C), ils vont rester anonymes, indistincts et n'exister que comme les représentants d'un type sociologique (le canotier de 1880) et comme les détenteurs d'un rôle (le séducteur). Pour le lecteur de Maupassant (et pour le lecteur d'aujourd'hui, qui a pu trouver dans la littérature l'expérience de cette époque révolue), leur comportement restera, jusqu'à l'épilogue (E), conforme à leur fonction.

Le texte donne d'abord **la vision limitée des Dufour** sur les propriétaires des yoles (c'est ce qu'indique le modalisateur* « sans doute »). Il s'agit plutôt de la vision de la mère, la première à s'avancer vers la place qu'elle voudrait occuper : elle s'intéresse au teint, à la (relative) nudité et à la musculature des deux hommes, c'est-à-dire à tout ce qui les distingue de son « bonhomme » (9B) de mari. Ces qualifications les rapprochent des ouvriers (« des forgerons ») et les rendent, aux yeux d'une bourgeoise, inquiétants (l'ouvrier appartient à une classe inférieure, dangereuse) et désirables (l'ouvrier détient une puissance virile dont le bourgeois est dépourvu). Cette vision est à la fois objective (les caractéristiques physiques des canotiers sont bien exactes), subjective (le regard de Mme Dufour n'est pas neutre) et incomplète (on ne sait rien d'autre d'eux).

L'emploi du démonstratif (« *cette* grâce ») et la formulation d'une observation plus générale (valeur du « on » et du présent) signalent ensuite **le regard du narrateur**. Lucide, il reconnaît la part de pose dans l'attitude des canotiers tout en célébrant leur beauté, fruit d'un « exercice » volontaire bien différent du travail asservissant de l'ouvrier. C'est dire que la pratique du sport est ici indissociable du désir de séduction.

Enfin, la composition, par un procédé comparable à la figure du champ-contrechamp au cinéma, présente ensuite **la vision des canotiers**, ou plutôt leur réaction devant les deux femmes : la mère, que l'on sait énorme et ridicule, fait naître « un sourire » moqueur, la fille, mince et ravissante, « un regard » d'admiration. Elles semblent déjà constituer un de ces couples contrastés que le cinéma aime mettre en scène[1].

Les deux camps sont maintenant constitués : d'un côté la famille Dufour, à nouveau désignée globalement par le « on » qui la fixe dans sa *nature* petite-bourgeoise, de l'autre les deux canotiers, interchangeables (« l'un », « l'autre »), qui ont *vu arriver* les femmes et qui s'entendent à demi-mots pour mener l'attaque.

### Psychologie : un autoportrait critique

Le comportement des deux groupes de personnages est évoqué de manière critique. Les Parisiens vont manger sur l'herbe, comme Mlle Dufour l'a voulu, et même « sans tables ni sièges » : le programme de la partie de campagne exige une rupture complète avec les habitudes. Quant aux canotiers, qui cultivent soigneusement l'image de leur virilité, ils jouent la comédie de la galanterie avec d'évidentes arrière-pensées.

Le regard acerbe de l'écrivain se tourne aussi vers lui-même qui, avec un humour chevaleresque, s'était octroyé le titre de « canotier ès-eaux de Bezons et lieux circonvoisins ». « Ça ira » (1885) évoque avec nostalgie « Bougival, La Grenouillère, Chatou, [...] les longues journées en yole au bord des berges, dix ans de [sa] vie passés dans ce coin de pays, sur ce délicieux bout de rivière », avec « une bande d'une douzaine, habitant la maison Galopois, à Chatou, et vivant d'une drôle de

1. Le film de Renoir accentue cette opposition et donne également aux deux canotiers deux physiques et deux tempéraments opposés : l'un est léger, l'autre plus grave. En outre, il les pose d'emblée en position de *voyeurs* dans la scène des balançoires.

façon, toujours à moitié nus et à moitié gris ». Il y a donc du Maupassant dans ces deux canotiers exhibant « leurs bras nus » et « posant beaucoup pour la vigueur ». En janvier 1881, il confesse d'ailleurs à son amie Gisèle d'Estoc : « Toute ma coquetterie, coquetterie de portefaix et de garçon boucher, consiste à me promener en été sur les bords de la Seine en costume de canotier pour montrer mes bras ». Et il ajoute : « Je vous ai dit que je montrais mes bras avec orgueil, c'est moins à cause de leur forme qu'à cause de leur force. C'est là un de mes faibles les plus bêtes. » De Maupassant canotier, Zola a laissé un portrait comparable : « De taille moyenne, râblé, les muscles durs, le sang sous la peau, il était alors un terrible canotier qui faisait pour son plaisir ses vingt lieues* de Seine en un jour. En outre, c'était un fier mâle, il apportait des histoires de femmes stupéfiantes, des crâneries d'amour qui épanouissaient le bon Flaubert dans un rire énorme » (*Le Figaro*, 11 juillet 1881).

**Rapprochements**

À en juger par les œuvres d'artistes contemporains, c'est toute l'époque qui a aimé ces paysages. Évoquons quelques titres, parmi bien d'autres : *La Seine à Argenteuil* (Renoir), *Le Pont d'Argenteuil* (Monet et Sisley), *La Seine à Courbevoie* (Seurat), *La Grenouillère* (Monet et Renoir), *Le Déjeuner des canotiers* (Renoir), *Canotiers* (Caillebotte). Manet a ainsi peint *Claude Monet dans son atelier*, c'est-à-dire dans une barque…

Ardent défenseur de cette école du plein air, Zola a aussi évoqué cette vie dans son roman sur la peinture : dans l'île de Bennecourt, le peintre Claude Lantier et son amie Christine connaissent un bonheur sensuel qu'ils ne trouveront plus à Paris (*L'Œuvre*, chap. VI).

## UNITÉ 8B
## Le repas

Le repas constitue une scène* au cours de laquelle l'action évolue de manière sensible. La présentation de la famille Dufour, commencée dès l'*incipit**, s'achève ici sur un mode particulièrement satirique.

**Action : vers l'éclatement de la famille Dufour**

Le déroulement du repas obéit à deux logiques contraires. Il est d'abord conforme aux mœurs des petits-bourgeois pour lesquels une partie de campagne est l'occasion de quelques débordements contrôlés (excès de soleil, de nourriture, de boisson, relâchement de la *tenue* habituelle) ; il conduit logiquement à une sieste réparatrice, d'autant que l'on s'est « levé de fort bonne heure ce matin-là » (2A). Mais à ce comportement attendu (et convenu), qui est surtout celui des deux hommes, s'oppose celui des deux femmes qui se montrent de plus en plus sensibles à l'élément perturbateur que constitue la présence des canotiers.

La progression de l'action s'effectue ainsi en quatre mouvements :

**1.** De « Les deux jeunes gens » à « comme un ogre » : la tension entre les deux comportements est visible dans l'opposition de la mère, déjà en proie à une certaine excitation, et de l'apprenti, tout à son repas. Chez le père et la fille, cette contradiction prend la forme d'une gêne ou d'une mauvaise humeur.

**2.** De « Un bien beau temps » à « merci, mon ami » : Mme Dufour, sous prétexte d'amabilité, engage la conversation avec les canotiers, qui profitent de l'occasion pour donner d'eux une image *poétique*. Chez la grosse dame, le repas passe au second plan : elle refuse le lapin que lui offre son mari. Sa fille commence à s'intéresser aux canotiers.

**3.** De « Elle se tourna » à « laver les taches » : après l'interruption de son mari, qui a remis le repas au premier plan, Mme Dufour relance « de nouveau » la conversation avec les canotiers. La jeune fille montre de plus en plus son intérêt. Le mari et l'apprenti sont mis ou restent hors jeu.

**4.** De « Cependant » à « des étendards » : la logique du repas champêtre reprend ses droits, la famille semble à nouveau unie dans un comportement festif (emploi de « on » et « chacun »). Mais les excès de table servent le dessein des canotiers, qui n'auront pas de mal à briller devant des femmes « étourdies » et des hommes ridicules.

La scène du repas a donc précisé et modifié les relations entre les couples, les deux femmes ayant maintenant tendance à s'éloigner de leurs compagnons habituels.

**Psychologie : des couples menacés**

La place réduite réservée à Mlle Dufour appelle deux commentaires. Dans une chronique de 1884, Maupassant note que « la jeune fille [est] un sujet difficile pour des hommes comme Goncourt et Zola » (qui venaient de publier respectivement *Chérie* et *La Joie de vivre*) : comment un écrivain épris de vérité peut-il réussir à connaître cet « être secret, encore voilé, mystérieux » ? « Comment deviner ces ombres d'idées, ces commencements de passions, ces germes de sentiments, tout ce confus travail d'un caractère qui se forme[1] ? » Le narrateur réaliste place donc le lecteur devant cette **énigme vivante**, en lui donnant quelques indices d'une évolution intérieure, secrète et peut-être même inconsciente (ce que suggère l'adverbe « vaguement »). C'est aussi le moyen de ménager son intérêt, Mlle Dufour semblant, en raison de son mystère même, appelée à devenir l'héroïne d'une aventure qui la fera davantage connaître.

Quatre indices trahissent ce **début de métamorphose** : sa gêne devant les bras nus des canotiers fait place à un premier regard (elle est « émue » par leurs discours), puis à un regard plus long (« La jeune fille les examinait de côté maintenant ») qui dit à la fois l'intérêt et la pudeur, puis à un éclat du regard et des joues qui est généralement donné comme le signe du désir[2]. Rien ne la lie, à première lecture, à celui qui doit être bientôt son mari, mais le propre de cette nouvelle est d'imposer une lecture rétrospective qui donne sens à des faits d'abord perçus comme insignifiants. Si le jeune homme, « ayant bu de travers, touss[e] éperdument », c'est qu'il est d'une gourmandise et d'une maladresse ridicules (comme est comique « sa tignasse de lin »), mais c'est peut-être aussi une réaction (involontaire ?) à l'intérêt que sa fiancée vient de manifester pour les canotiers. La conjonction « et » établit en effet une relation de cause à conséquence et l'adverbe « éperdument » appartient au champ lexical* du sentiment : la toux exprime-t-elle ici la jalousie, la colère, l'humiliation ? Le lecteur conserve une marge d'interprétation.

---

1. « La Jeune Fille », *Chro.*, 2, 377 et 379.
2. Dans 14D, Mme Dufour sort des bras de son canotier « plus rouge encore, l'œil très brillant ».

Cette scène révèle aussi des contradictions dans **le couple des parents**. Contrairement à ceux de la jeune fille, les sentiments de la femme mariée semblent parfaitement connus du narrateur (malgré l'emploi du modalisateur* « peut-être ») : il attribue à Mme Dufour deux qualifications stéréotypées, la curiosité et le désir. Celui-ci s'exprime par ses trémoussements et ses plaintes réitérées à propos des fourmis qui lui sont « entrées quelque part ». L'expression, dont la connotation sexuelle est évidente, évoque sur le mode populaire le *topos** de la femme importunée par un insecte (métaphore du désir et métonymie des lieux secrets du corps), tel qu'il apparaît notamment dans des poèmes de Victor Hugo (« La Coccinelle », dans *Les Contemplations*) et Rimbaud (« Rêvé pour l'hiver »). Mais son mari ne semble pas entendre l'appel, il n'est plus émoustillé, son plaisir (comme celui de son apprenti) est de boire et de manger : il lui propose du lapin…

### Société : la fête chez les petits-bourgeois

Envisagés globalement, les Dufour sont soumis aux mêmes forces qui produisent les mêmes effets sur leur nature petite-bourgeoise. L'influence de la chaleur, du vin et de la nourriture est d'autant plus grande qu'elle s'exerce sur des êtres qu'une vie prudente n'a pas accoutumés aux excès. Soumis à un déterminisme à la fois sociologique et physiologique, ils sont comme pris au piège de cette journée de plaisir qui semble suivre un cours fatal (« le café les acheva »). Leur gaieté, leur relâchement apparaissent donc comme la conséquence du repas champêtre ; à des degrés divers tous communient dans une **ivresse collective** dont les manifestations sont plus ou moins visibles : « suffocations » de la mère, « hoquet » du père, balancement de tête stupide de l'apprenti, raideur affectée de la grand-mère, rougeur de la fille. (On notera que les trois derniers paragraphes de 8B ne mentionnent pas les canotiers.)

Le texte achève ici le **portrait satirique des petits-bourgeois** en donnant aux Dufour des qualifications qui les ridiculisent : l'obésité et la faiblesse physique, conséquences d'un manque d'exercice, d'une vie routinière, d'une gourmandise qui est présentée comme un substitut à une sexualité plus ou moins refoulée (d'où l'émoi presque immédiat des deux femmes devant les canotiers qui arborent les signes d'une virilité conquérante) ; la peur (sur laquelle jouent les canotiers) devant toute activité physique immodérée ; le sens de l'économie quotidienne que révèlent précisément les excès commis lors de ces « parties » exceptionnelles ; le manque d'élégance, visible dans le relâchement de la tenue (vêtements déboutonnés).

### Écriture : une verve féroce

Elle vise surtout les bourgeois, dont les défauts sont épinglés d'un **mot féroce** et qui nous sont montrés dans quelques **scènes cocasses** : c'est la grosse Mme Dufour, « éboulée sur l'herbe » et « se trémoussa[nt] continuellement » pour se rendre intéressante ; c'est l'apprenti « arrosant [de vin rouge] la robe de soie cerise de la patronne », qui se trouve ainsi flétrie dans son mauvais goût ; c'est les deux « pochards* », le patron et l'apprenti, « lourds, flasques, et la figure écarlate », dont le ventre pousse la chemise hors du pantalon, « comme des étendards » grotesques. (L'expression rappelle malicieusement le rideau de la carriole, comparé à « un drapeau » dans 2A ; elle constitue aussi une variante ironique de la métaphore habituelle – à l'époque de Maupassant – de la chemise « en bannière », c'est-à-dire sortie du pantalon et pendant sur les fesses.)

Les canotiers ne sont pas épargnés non plus, eux qui fanfaronnent sans risque devant les Parisiens, « tap[ant] violemment sur leur poitrine » comme des lutteurs de foire, et qui *poétisent* leur vie pour mieux les impressionner. Du moins sont-ils valorisés par la relation étroite qu'ils entretiennent avec la nature, contrairement à « ces bourgeois privés d'herbe »…

## UNITÉ 9B
## Le départ en yole

### Action : un tournant du récit

Dans cette courte scène, on assiste à l'éclatement quasi instantané de la famille Dufour par la **constitution de deux nouveaux couples** autour des deux femmes, suivie immédiatement de l'isolement du couple formé par Mlle Dufour et par son canotier. Tout se passe comme si les canotiers exécutaient rapidement un plan qu'ils auraient esquissé au moment de la rencontre des Dufour (7B) puis précisé à la fin de 8B, pendant qu'ils mettaient leurs yoles à l'eau. Seul le choix des femmes – embarrassant du fait de la disparité entre la mère et la fille, qui n'a pas d'équivalent chez les deux amis – est resté indécis : finalement, Henri et Henriette deviendront amants grâce à la bonne volonté de l'autre canotier qui se « dévou[e] » pour occuper la mère.

Cette action est produite par la convergence d'une série de faits : la beauté de Mlle Dufour (qui motive les canotiers), l'intérêt des deux femmes (et même le désir de la mère) pour les canotiers, l'état dans lequel se trouvent les Dufour (les femmes sont « étourdies », les hommes ivres), la mentalité du boutiquier, la disposition des lieux enfin, qui permet aux deux galants de s'isoler avec les femmes. Il faut y ajouter l'habileté des canotiers qui détiennent, grâce à leurs yoles, la possibilité d'établir une relation individuelle avec les femmes en sauvegardant les apparences et qui ont la présence d'esprit de fournir aux deux hommes une occupation conforme à leurs goûts. Toutes ces données assurent la **vraisemblance de l'histoire**.

## Narration : l'accélération du récit

Contrastant avec la scène du repas, relativement longue, ces trois paragraphes marquent une **soudaine accélération** du récit, particulièrement sensible dans les deux dernières phrases. Le « bonhomme » Dufour est immobilisé de manière quasi instantanée dans la position ridicule du pêcheur d'occasion, « les pieds ballants au-dessus du fleuve » qui va emporter sa femme, sa fille et leurs futurs amants : l'emploi de la conjonction « et » montre que les canotiers ont su faire jouer le bon ressort, qui produit un effet immédiat. L'accord du patron vaut aussi pour l'apprenti, dont le sort est réglé plus rapidement encore par un groupe circonstanciel qui le met d'un seul coup hors du récit. Enfin le bref paragraphe qui suit enchaîne rapidement, sans les décrire, des actions jugées secondaires : décision du compagnon d'Henri, embarquement de la mère (qui aurait pu faire l'objet d'une scène cocasse si on pense à la description du personnage sur la balançoire et à la légèreté du bateau), disparition de leur yole. Manifestement, le narrateur, après une longue préparation, veut maintenant arriver vite à l'essentiel, il « déblaye », pour reprendre la formule d'André Vial (voir p. 21).

Ce changement de tempo est obtenu au prix d'une **ellipse* narrative** : rien n'est dit de l'attitude de la jeune fille, ce qui a aussi pour effet d'entretenir le mystère autour de ce personnage. Mais, dès à présent, le lecteur peut placer le couple qu'elle forme avec son canotier au centre de l'histoire. La vraisemblance du récit est maintenue par une intervention explicite du narrateur qui donne une explication sociologique pour justifier l'attitude du père, puis par l'emploi d'une formule équivoque et malicieuse (« le bonhomme [...] permit tout ce qu'on voulut ») qui prépare une issue libertine.

## Psychologie : des zones d'ombre

Cette accélération du récit est obtenue au prix de quelques imprécisions – calculées – qui, de manière significative, ne concernent pas les personnages masculins.

Les motivations des canotiers sont claires : l'effet que la beauté de la jeune fille est censée produire sur les hommes a été précisé dans 5A, et les deux compères apparaissent comme de fameux coureurs de jupons, parfaitement maîtres de la situation[1]. En apportant des lignes aux Dufour, ils se montrent par ailleurs bons connaisseurs des mœurs des petits-bourgeois parisiens. Sur ces deux points, comme sur d'autres déjà signalés, ils peuvent être rapprochés du narrateur et même de l'auteur.

M. Dufour représente manifestement **le type du mari jobard**, fréquent dans l'univers romanesque de cette époque (on pense notamment à Bovary). Mais s'il se laisse tromper aussi facilement, c'est aussi parce que chez lui, comme chez beaucoup de bourgeois, le désir est orienté vers des objets non sexuels : la nourriture, la boisson, la pêche au goujon. Devant les lignes, son œil s'allume comme, dans 8B, celui de sa fille devant les canotiers. Maupassant s'est souvent montré féroce devant cette passion dégradée, « cet idéal des boutiquiers » qui, dans « Les Dimanches d'un bourgeois de Paris », aligne sur les deux bords du fleuve – à Bezons, justement – une foule de Parisiens. (Voir aussi « Le Trou » et « Deux amis ».) Quant à l'apprenti, comme un chien fidèle, il fait couple avec son patron, plus niais encore que lui, à moins que son indifférence pour la jeune fille soit à la mesure de son intérêt pour la position sociale qu'il obtiendra en devenant le gendre et le successeur de celui-là.

---

1. Le film de Renoir accentue cet aspect en ajoutant plusieurs plans qui les montrent en train d'observer les femmes sur les balançoires et une courte scène dans laquelle l'aubergiste Poulain (interprété par Renoir) les incite à tenter leur chance.

**Les femmes restent plus mystérieuses.** Le silence de la jeune fille est-il le signe d'une ignorance totale de ce qu'elle risque à suivre le canotier, d'une inconscience passagère due aux circonstances, ou du désir « vague » qui se développe en elle depuis le début du repas ? Mme Dufour, elle, bien qu'étourdie par la chaleur et la boisson, ne peut ignorer la signification de l'invitation. Son empressement à l'accepter est à mettre au compte du « désir » que le narrateur a cru déceler en elle dans le passage précédent. Toutefois, le fait qu'elle soit prête, le temps d'une promenade, à trouver une compensation aux « laideurs secrètes de son mari » n'engage pas son attitude vis-à-vis de sa fille. L'entraîne-t-elle délibérément dans l'aventure ? ou espère-t-elle en rester aux propos galants ? Le narrateur ménage l'intérêt du lecteur et l'oblige à attendre la fin du récit pour élaborer des interprétations psychologiques.

## SÉQUENCE C, UNITÉS 10C À 13C
## La double inconstance

**RÉSUMÉ**

Un canotier se charge de la mère et s'éloigne rapidement après avoir fixé un but à la course. Mais son ami ne peut le suivre, saisi par une profonde émotion devant la beauté de la jeune fille, qui elle-même s'abandonne au charme de l'eau : sensible à l'ardeur d'une belle journée de printemps et au désir de son compagnon, elle éprouve « un besoin vague de jouissance ». Ils réussissent à se dire leurs noms : Henriette et Henri. L'autre canotier cesse de les attendre et disparaît avec la mère. **[Unité 10C.]**

Le chant d'un rossignol fascine la jeune fille et éveille en elle des rêveries amoureuses. C'est l'occasion pour Henri de la faire descendre dans une île ; appuyée à son bras, elle se laisse conduire jusque dans une niche de verdure qu'il a l'habitude de fréquenter. **[Unité 11C.]**

Elle se dérobe d'abord aux caresses de son compagnon mais le chant de l'oiseau la plonge dans une véritable extase qui accroît son besoin de tendresse et lui fait verser des larmes. Sa résistance mollit ; serrée contre Henri, elle ne répond pas, pendant une pause du rossignol, à un appel lointain de sa mère. Celle-ci, d'ailleurs, fait entendre des cris faussement effarouchés : l'autre canotier est sans doute en train de la lutiner. Henriette est pénétrée de sensations nouvelles. Elle refuse toutefois le baiser de son compagnon jusqu'à ce qu'il réussisse à prendre sa bouche : elle cède alors au désir qui la submerge. **[Unité 12C.]**

Le rossignol reprend son chant langoureux, accompagné des soupirs ardents du couple ; il se tait en entendant sous lui un gémissement prolongé qui s'achève en un sanglot. **[Unité 13C.]**

## COMMENTAIRE GÉNÉRAL DE LA SÉQUENCE C

### Action : amours parallèles

Cette séquence tire son unité de la mise au premier plan du personnage de la jeune fille : dégagée du groupe familial, séparée de sa mère, elle acquiert son autonomie, forme un couple avec le canotier qui la guide et connaît un événement important avec cette initiation amoureuse à laquelle toute la nature semble participer. Le lecteur croit atteindre ici le point culminant de la nouvelle vers lequel tendrait tout le récit ; la suite apportera quelques rebondissements qui donneront à cette courte nouvelle encore plus de mystère et de profondeur.

Parallèlement et simultanément, se développe une autre action dont la mère est l'héroïne. Elle est simplement suggérée à partir de quelques indices qui seront confirmés dans la séquence suivante.

### Narration : les deux plans du récit

Les deux couples font l'objet d'un traitement différent.

Placé au premier plan, le récit de l'initiation amoureuse de l'héroïne est suivi dans son déroulement temporel. La progression de l'action est ainsi marquée par des variations dans le rythme du récit. Comme dans la séquence précédente, une longue préparation (10C à 12C) montre l'évolution de l'héroïne soumise à l'influence de la nature printanière et conduit à la scène d'amour (13C) pendant laquelle le temps semble s'allonger. Il reprend un cours normal, et même accéléré, dans la séquence suivante. Le personnage de la jeune fille est pour la première fois analysé de l'intérieur, tout en conservant une indétermination qui préserve partiellement son mystère.

À l'arrière-plan, dans un espace assez proche pour que le contact ne soit pas tout à fait perdu, le narrateur fait évoluer le couple formé par la mère et son canotier. Ou plutôt il donne de leur aventure ce que peut en percevoir le couple du premier plan, et ces quelques indices sont assez parlants pour que le lecteur comprenne ce qui s'y passe (de toute façon la séquence suivante lèvera toute équivoque). Le personnage de la mère reste à l'état d'esquisse, presque de caricature, ce qui ne signifie pas pour autant qu'il soit entièrement clair. Il n'est, en effet, jamais vu de l'intérieur.

Ce récit constitue un **contrepoint comique** et léger à l'aventure beaucoup plus poétique et grave que connaissent la jeune fille et son ami de rencontre. Des relations de parallélisme et d'opposition unissent les deux plans du récit. La mère semble passer par les mêmes phases que sa fille : elle écoute d'abord le rossignol (ce que suggère son silence), puis réagit aux caresses de son compagnon (« les petits cris de la grosse dame » évoquent une scène cocasse), puis s'abandonne elle aussi (le « calme » règne dans 13C et elle garde le silence quand sa fille l'appelle à plusieurs reprises dans 14D). Mais cette composition en parallèle, ce *montage* – pour employer le vocabulaire du cinéma – autorise aussi tout un jeu de contrastes et de surprises qui entre pour une grande part dans le plaisir de la lecture parce qu'il est porteur de sens.

### Écriture : un réalisme poétique

L'ensemble de la séquence peut être lu comme une tentative pour transcrire les manifestations progressives du désir, le délire des sens. Le sujet était encore délicat : après les poursuites engagées contre *Les Fleurs du mal* et *Madame Bovary* par le régime impérial, c'est la justice républicaine qui, en 1880, avait inculpé Maupassant d'outrage à la morale publique pour un poème jugé licencieux. L'écrivain choisit donc de prolonger et de préciser l'évocation du trouble croissant de la jeune fille par celle de la nature printanière, puis de substituer au récit direct de la scène d'amour la description du chant du rossignol.

**Psychologie : l'amour et la nature**

Cette transposition poétique permet de restituer et d'amplifier l'intensité des sentiments et des sensations en mêlant l'amour humain aux grandes forces de la nature. C'est là un aspect fondamental du sensualisme de Maupassant.

COMMENTAIRE DÉTAILLÉ DES UNITÉS 10C À 13C

## UNITÉ 10C
## Le « tête-à-tête sur l'eau »

**Action : l'isolement du couple**

À partir du moment où les deux couples sont constitués, l'action se dédouble et évolue sur **deux registres différents**. Le canotier qui s'est chargé de la mère semble réaliser un plan. Étant donné le physique de Mme Dufour, l'aventure relève de la farce grivoise qui plaisait à Maupassant. Bon comédien, il s'éloigne rapidement comme s'il avait lancé un défi à son compagnon puis, pour lui laisser la liberté de séduire la fille, disparaît définitivement avec la mère sous le premier prétexte venu. Tout laisse penser, en effet, que c'est lui qui a proposé à sa passagère d'aller « jusqu'à Robinson[1] » pour boire, alors qu'ils viennent à peine de quitter l'auberge.

Dans l'autre yole, au contraire, l'action semble piétiner. Le canotier, comme accablé par son désir, est incapable de jouer la comédie de la galanterie, soit en paroles soit en faisant la démonstration de sa force. Malgré son inertie, un processus s'engage, qui relance l'intérêt du lecteur : le charme puissant de la rivière commence à produire son effet sur la jeune fille. **La nature aquatique et printanière** constitue ainsi un actant* au même titre que le personnage d'Henri. Un autre effet de la chaleur, en outre, est de dépeupler l'espace, favorisant ainsi l'isolement des amants.

1. Louis Forestier indique qu'il s'agit d'une auberge de Bezons, « Au Robinson des pêcheurs » (éd. Folio, p. 416).

## Narration : la sympathie du narrateur

Après le récit alerte de l'embarquement des deux femmes, un nouveau changement de rythme intervient, étroitement lié à un changement de lieu et à un changement de ton : la rivière semble maintenant imposer son **tempo lent mais inexorable**. Le narrateur renonce au ton mordant de la satire pour décrire cet espace magique dont tous les éléments concourent à accroître le trouble de la jeune fille. S'étant débarrassés des bouffons, il établit une relation de sympathie avec ses personnages dont il cherche à restituer les émotions, émotions authentiques puisque, pour l'essentiel, elles sont le produit de forces naturelles : le désir masculin, la sensualité troublante du paysage.

**Les personnages acquièrent une épaisseur** dont ils étaient dépourvus jusqu'ici. Doté d'un prénom, Henri se distingue de son compagnon (qui restera anonyme). Son attitude ne relève pas du jeu mais d'un désir qui plonge au plus profond de l'homme et qui avait été par avance légitimé dans 5A par l'évocation du « soulèvement des sens » provoqué par la beauté de la jeune fille. Le personnage tend à devenir un double du narrateur, une incarnation de l'homme en général. Il en va de même pour Henriette, qui se trouve comme dépouillée de ses attributs sociaux (elle n'est d'ailleurs plus désignée par son patronyme) et dont les sensations sont celles que toute jeune fille pleine de santé éprouverait dans les circonstances où elle est placée. Les deux personnages sont traités sur le même pied, « il » et « elle » forment un couple en proie au même trouble, même s'il prend des formes différentes.

## Psychologie : l'ivresse des sens

Dans son étude sur *La Poétique de Maupassant*, Mariane Bury a mis en évidence « un leitmotiv parcourant l'œuvre entière, celui du bien-être procuré par la caresse de la nature » et montré que les termes employés par l'écrivain relèvent de « trois grandes catégories, celle de la sensualité et des sensations amoureuses, celle du bien-être, celle du bonheur » (*op. cit.*, p. 76). C'est en effet quand ils sont en relation et même **en communion avec la nature** que les personnages de Maupassant connaissent des moments de bonheur privilégiés, comme s'ils ne vivaient plus que par les sensations intenses qu'elle leur dispense. Leur réceptivité, leur passivité sont la condition de ce plaisir, l'abandon sensuel va jusqu'à la défaillance, la perte de conscience ou du moins la perte des valeurs morales qui régissent le comportement habituel de ces personnages dans la société.

Pour illustrer ce propos, nous renvoyons à l'extrait de *Sur l'eau* cité page 12. C'est bien ce bonheur physique que connaît Henriette dès qu'elle est sur la rivière. La « douceur », la « quiétude » qu'elle éprouve viennent précisément du « renoncement de pensée » dont elle est « prise », de l'« abandonnement d'elle-même », comme l'écrit Maupassant dans une formule qui exprime une sorte de dédoublement du personnage : la jeune fille abandonne provisoirement ses idées morales, héritées d'un conditionnement social arbitraire, pour se laisser porter par les forces naturelles, au premier rang desquelles figure l'eau.

La nature printanière exerce sur le corps de la jeune fille une influence d'autant plus forte qu'elle associe **l'eau et le feu, deux éléments fortement érotisés** dans l'imaginaire humain. Ensemble, ils suggèrent que l'héroïne se trouve dans un véritable bain de sensualité : « la chaleur torrentielle qui ruisselait autour d'elle » la pénètre, « les ardeurs de ce jour » se communiquent directement à son sang qui entre en « fermentation ». Il n'est nullement question de sentiment ici mais d'une potentialité du corps qui se développe, suscitant chez Henriette « un besoin vague de jouissance », « vague » parce que la jeune fille sans expérience ne peut même pas le rapporter au désir sexuel.

Elle en vient à perdre le contrôle d'elle-même, à percevoir le paysage d'une manière fantasmatique : les arbres la saluent au passage comme pour célébrer son entrée dans ce monde sensuel. Cette « ivresse multiple » a plusieurs causes : le vin, la nature, la chaleur mais aussi la présence d'Henri dont « le désir était pénétrant comme le soleil ». Le jeune homme, lui aussi, est en harmonie avec les forces de vie mais, contrairement à la jeune fille, il est conscient de ce qui se passe en lui.

## UNITÉ 11C
## L'intervention du rossignol

### Action : la jeune fille et le rossignol

Paradoxalement, la profondeur et l'authenticité de son désir « paralys[ent] » le jeune homme et le rendent presque muet, compromettant ainsi l'issue de l'aventure amoureuse. C'est la nature qui relance la progression de l'action en faisant intervenir **le rossignol, figure emblématique de l'amour printanier** qui réunit les jeunes gens dans un émoi sensuel et spontané. Se substituant à l'amant défaillant qui « se perdait dans une explication » géographique au sujet du barrage (notons au passage l'inscription du récit dans une topographie rigoureusement exacte), le rossignol parle d'amour à la jeune fille et accroît ainsi son exaltation, son besoin de connaître l'absolu d'un sentiment qui nourrit ses rêves. C'est dire que l'intervention du rossignol serait inefficace si le texte n'attribuait pas à Henriette **la sensibilité particulière de « la jeune fille** » : elle ne sera pas la victime naïve d'un habile séducteur, elle va surtout céder à la sensualité et aux rêves qui l'habitent. (Symboliquement, cette *chute* est annoncée par le « grondement » sourd et le *frémissement* de la rivière.)

Si son compagnon participe lui aussi de l'émotion ambiante, il sait que l'amour c'est d'abord les « baisers des hommes » et il a la présence d'esprit de conduire la jeune fille dans « son "cabinet particulier" », qui en a déjà accueilli d'autres... L'expression aurait alerté une Parisienne plus expérimentée : les cabinets particuliers, dans les grands restaurants des Boulevards, étaient de petits salons sûrs et discrets utilisés surtout par les couples illégitimes. C'est là que Renée devient la maîtresse de son beau-fils (*La Curée*, chap. IV) et que Duroy fait la cour à Mme de Marelle (*Bel-Ami*, I, 5).

## Psychologie : à quoi rêvent les jeunes filles

Les rêves d'Henriette proviennent des « romances langoureuses qui ouvrent un idéal bleu », c'est-à-dire factice, aux « fillettes attendries ». Des romances, mais aussi des romans idéalistes et sentimentaux que Guy de Maupassant ne cesse de critiquer dans ses *Chroniques* parce qu'ils donnent (à tous les lecteurs, et pas uniquement aux jeunes filles) **une image fausse de la vie** et du cœur humain. « C'est d'ordinaire dans les livres que nous acquérons la connaissance de l'amour, c'est par eux que nous commençons à en désirer les émotions. Ils nous le révèlent ainsi poétique et enflammé, ou rêveur et clair de lunesque, et nous gardons souvent jusqu'à la mort l'impression qu'ils nous en ont donnée au début de notre adolescence ! » (« L'Amour dans les livres et dans la vie », 1886, *Chro.*, 3, 276).

C'est dire que l'ivresse des sens, effet de la saison et de l'heure, ne suffit pas à expliquer l'aventure de la jeune parisienne. On le mesurera en la comparant à l'« Histoire d'une fille de ferme », recueillie dans *La Maison Tellier*. Par une chaude journée, une servante se trouve elle aussi « étourdie, oppressée sans savoir pourquoi », « caressée par l'ardente lumière », par « une douceur qui lui pénétrait au cœur » (I, 226). Mais, quand un garçon de ferme la surprend dans cet état et cherche à l'embrasser, elle le repousse d'un coup de poing en pleine figure : comme elle n'a pas lu de romans, il faudra une promesse de mariage pour qu'elle s'abandonne à son désir…

Pastichant Maupassant, nous pourrions donc dire que l'idéal d'Henriette en matière d'amour est « rossignolesque ». Les « baisers des hommes » (la réalité du désir) y sont masqués ou transfigurés par une « musique du ciel » (l'illusion du sentiment pur). Il y a du **bovarysme*** dans la réaction de cette jeune fille, plus sensible aux harmoniques poétiques et sentimentales du mot « rossignol » qu'à la musique réelle de son chant. Le passage, jusque dans la syntaxe *(« Elle allait donc entendre un rossignol ! »)* et dans l'expression (« un idéal *bleu* »), rappelle l'attitude d'Emma après son premier adultère : « Elle se répétait : "J'ai un amant ! un amant !", se délectant à cette idée comme à celle d'une autre puberté qui lui serait venue. *Elle allait donc posséder* enfin ces joies de l'amour, cette fièvre du bonheur dont elle avait désespéré. Elle entrait dans quelque chose de merveilleux où tout serait passion, extase, délire ; une immensité *bleuâtre* l'entourait » (*Madame Bovary*, II, 9).

Pour autant, **Henriette n'est pas Emma**. L'héroïne de Flaubert cherche délibérément l'amour (voir I, 7 : « elle voulut se donner de l'amour »), elle entretient ensuite son illusion qui lui permet de se masquer la réalité sordide de ses liaisons avec Rodolphe et Léon. Celle de Maupassant, au contraire, s'abandonne à un mouvement profond de son corps et de son âme et elle connaît rapidement une forme de désillusion.

### Rapprochements : la fortune d'un motif

En accordant une place au rossignol dans cette scène d'amour, Maupassant reprend ici délibérément un motif* littéraire ancien que l'on peut repérer de la poésie de la Renaissance (**Ronsard** dans « Bel aubépin » chante « Le gentil rossignolet / Nouvelet, / Avecque sa bien aymée ») à celle de **Victor Hugo** : un poème des *Contemplations* raconte une initiation amoureuse – d'ailleurs ratée – entre un adolescent timide et une belle fille qui l'a conduit dans « la nature amoureuse » :

La rosée offrait ses perles,
Le taillis ses parasols ;
J'allais ; j'écoutais les merles,
Et Rose les rossignols.

Moi, seize ans, et l'air morose ;
Elle vingt ; ses yeux brillaient.
Les rossignols chantaient Rose,
Et les merles me sifflaient.

(« Vieille chanson du jeune temps », vers 9 à 16.)

Maupassant fait référence à Juliette, qui invoque le rossignol pour prolonger sa nuit d'amour avec Roméo (*Roméo et Juliette*, III, 5), mais il aurait pu mieux encore citer *Le Décaméron*, qu'il devait imiter en contribuant au recueil collectif intitulé *Nouveau Décaméron*. Dans la nouvelle de **Boccace**, une jeune fille de bonne famille donne rendez-vous à celui qu'elle aime sur la terrasse de sa maison. Elle a obtenu de ses parents l'autorisation d'y dormir sous le prétexte qu'il y fait plus frais et qu'on y entend le chant du rossignol. « La nuit se passa presque toute au doux plaisir qu'ils goûtèrent l'un par l'autre, en faisant maintes fois chanter le rossignol. » Au matin, le père découvre les amants endormis et enlacés et constate que « [sa] fille avait telle envie du rossignol qu'elle l'a capturé et le tient dans sa main ». Le jeune homme, qui est un bon parti, accepte de l'épouser : sans le savoir, le « rossignol » a trouvé sa « cage » légitime… (*Le Décaméron*, Cinquième journée, quatrième nouvelle ; traduction de Jean Bourciez, Classiques Garnier, 1988, pp. 359-360.)

Après Maupassant, le motif apparaît encore dans un récit où **Colette** évoque à mots couverts une initiation amoureuse, en décrivant longuement « un rossignol sous la lune », chantant « de toute sa force, gonflé, la gorge renversée, avec un air d'amoureux désespoir » (*Les Vrilles de la vigne*).

## UNITÉ 12C
## Le « cabinet particulier »

### Action : la victoire de la nature

Se produit dans ce passage l'action vers laquelle toute la nouvelle semble converger : la scène d'amour. La principale force agissante est d'abord le rossignol, dont le chant provoque chez la jeune fille un accroissement du désir et un « amollissement » qui la rend ensuite incapable de résister à ce désir. Le rôle attribué au jeune homme reste secondaire, il n'intervient guère que pour surmonter les dernières résistances de l'héroïne : celle-ci cède au désir qu'elle portait en elle virtuellement et que la nature a rendu « formidable ».

Une action parallèle se développe à l'arrière-plan : Mme Dufour est lutinée par l'autre canotier et tout porte à croire qu'elle cède, comme sa fille, à la loi de la nature.

### Narration : rythmes et points de vue

Ce passage conduit à la *chute* de la jeune fille. Le mot est justifié par l'image du « poids » sous lequel sa résistance finit par *s'abattre* et par la variation de rythme qui s'opère dans les dernières phrases. Le récit, de ce point de vue, est composé de deux masses très inégales. Plusieurs paragraphes évoquent le chant du rossignol et le trouble croissant d'Henriette. Le temps semble presque s'être arrêté, comme l'indiquent l'imparfait et les adverbes de temps (« toujours », « sans cesse », « quelque temps ») ; l'appel de la mère n'a aucun effet sur la fille, en proie à l'action continue et secrète de la nature. Dans les dernières phrases, au contraire, l'adverbe « brusquement », les mots de liaison (« et[1] », « mais », « alors »), la succession des passés simples soulignent la précipitation de l'action. **L'accélération du rythme** traduit ici la force du désir du jeune homme mais aussi l'intensité des émotions qui agitent la jeune fille.

Celle-ci est devenue l'héroïne de la nouvelle. Tenue comme en réserve du récit dans les deux longues premières séquences,

1. « Le *et* dit "de mouvement", placé en tête de phrases auxquelles il donne une impulsion violente », est d'un usage fréquent chez Maupassant, comme l'a noté André Vial (p. 592).

elle est placée au premier plan depuis le début de la troisième. Ses sensations et ses sentiments, à peine suggérés jusque-là, y ont été indiqués : elle s'abandonne progressivement à une ivresse sensuelle déterminée par des causes physiques (l'action de la chaleur, du vin, de la nature aquatique et printanière sur un corps qui semble bâti pour inspirer et goûter le délire des sens) et que viennent accentuer les rêveries sentimentales que le rossignol éveille en elle.

Le point de vue de la jeune fille est toujours privilégié dans ce passage, qui précise **la progression de ses sensations** (jusqu'à « une extase »), **de son émotion** (jusqu'aux larmes) **et de ses sentiments** (jusqu'à « des désirs infinis de bonheur »). Le choix de la focalisation* interne permet au narrateur de décrire l'intensité de ces phénomènes tout en indiquant leur caractère mystérieux pour la jeune fille. Le lecteur, lui, est placé dans une position de supériorité par rapport au personnage : il peut faire la part, chez elle, des rêves naïfs, idéalistes, illusoires, et des réalités physiologiques, des « chatouillements » qui annoncent et appellent le plaisir. Il comprend aussi, à la voir repousser « naturellement » les premières caresses de son compagnon, que ses défenses morales sont en train de tomber.

Le narrateur, au contraire, ne fournit aucune information supplémentaire sur le canotier, auquel il attribue simplement les gestes et les paroles de l'homme qui sait maintenant pouvoir profiter de l'occasion[1]. Là encore, il se réserve ainsi la possibilité de lui donner ensuite un peu plus d'épaisseur et de surprendre à nouveau son lecteur.

Mais la nouvelle s'intitule bien « Une partie de campagne » : l'acte de la fille prend sens par rapport à celui que la mère accomplit parallèlement (et même par rapport à l'inaction du père et de l'apprenti). Le narrateur affecte de rester à distance, se contentant de rapporter ce qu'« *on* entendait » : *on*, c'est-à-dire aussi bien Henri, qui comprend qu'elle ne risque pas de venir le déranger, que le lecteur, à qui est laissé le soin d'ima-

1. La nouvelle intitulée « Le Père » (1883) précise ainsi les pensées d'un homme que le printemps a poussé vers une jeune fille : « [...] tous les calculs égoïstes des hommes en matière d'amour lui travaillaient l'esprit » (I, 1073).

giner cette deuxième scène d'amour. C'est **une scène comique**, comme l'indiquent l'emploi du verbe *lutiner* et toute une série d'oppositions, dans l'expression (« les *petits* cris de la *grosse* dame ») et dans les faits : disparité dans le couple que forment Mme Dufour et le canotier, contrastes entre l'attitude légère de la mère et son physique, entre ses cris et le silence de la fille, entre l'aventure coquine de l'une et l'expérience existentielle de l'autre. L'absence de réaction de la jeune fille aux cris non équivoques de sa mère constitue un dernier mystère : faut-il penser que, dans son trouble, elle ne les entend pas, ou qu'elle les interprète comme une invitation à se laisser aller à l'amour ?

## Écriture : le motif du rossignol qui s'égosille

Les récits de Maupassant qui évoquent l'éveil de la sensualité au printemps font souvent une place au rossignol. « Voici la saison où fleurissent les lilas, où les rossignols s'égosillent », écrit-il dans une chronique d'avril 1881 (*Chro.*, I, 212). Or, plus que le rossignol, symbole habituel de l'amour jeune comme nous l'avons vu, c'est ici le verbe *s'égosiller* qui est caractéristique puisqu'il est employé pour d'autres oiseaux (« Les serins accrochés aux fenêtre s'égosillaient » – « Au printemps », I, 284), pour des grenouilles (« Nous suivions une île boisée, pleine de rossignols ; [...] les grenouilles s'égosillaient dans les herbes des bords » – « Lettre trouvée sur un noyé », I, 1140) et même pour des insectes (« Les sauterelles s'égosillaient » – « Le Diable », II, 769). Les uns comme les autres font entendre **la voix de la vie** qui entend imposer sa loi aux hommes à seule fin d'assurer par eux, au besoin malgré eux ou du moins sans leur accord conscient, sa préservation. L'oiseau qui *s'égosille* symbolise donc, pour le narrateur, **la fatalité de la sexualité**, ce qui explique que son chant puisse emplir la campagne entière : à travers lui, c'est la nature qui chante la nécessité de l'amour.

Il n'est pas indifférent, malgré tout, que cet oiseau soit le rossignol. S'il incarne « la nature amoureuse », pour reprendre l'expression de Victor Hugo, il symbolise aussi **l'« idéal bleu » de l'amour** tel que le définissent les romances et les romans. D'où l'effet extraordinaire qu'il a sur une jeune fille qui, par manque d'expérience, n'a pas encore confronté l'idéal à la réalité.

### Psychologie : les avatars du désir

Dans l'univers romanesque de Maupassant, ce besoin d'idéal habite d'ailleurs tout être humain et peut être excité par des sensations agréables, parfum d'un bois de lilas (« Le Père »), nature printanière (« Au printemps »), beauté du clair de lune sur un lac (« Clair de lune »). Ici, c'est principalement le chant du rossignol qui fait naître chez la jeune fille « des désirs infinis de bonheur », « des révélations de poésies surhumaines ». Le désir, présenté comme une réalité physiologique, est ainsi accompagné de l'idéal qui l'exalte, le dépasse, le légitime et finalement assure sa satisfaction.

En voici **deux exemples**, tiré des textes cités. Sur le bateau qui le conduit à Suresnes un matin de printemps, le narrateur voit dans les yeux de sa voisine « des profondeurs inconnues, tout le charme des tendresses, toute la poésie que nous rêvons, tout le bonheur que nous cherchons sans fin » (« Au printemps », I, 285). Un homme s'intéresse à une « une petite brunette » rencontrée dans l'omnibus : « Il lui semblait que la possession entière de cette petite personne serait pour lui un bonheur fou, presque au-dessus des réalisations humaines » (« Le Père », I, 1072).

Notre texte n'indique pas si le canotier partage l'exaltation de sa compagne ; en l'embrassant « brusquement » et sans un mot, il semble plutôt agir en homme qui ne pense qu'à satisfaire son désir et ne se fait aucune illusion sur la profondeur de cette relation. La jeune fille, elle, cède à la fois au désir sexuel et au **désir (illusoire) de réaliser son rêve** de « tendresses ». De même que telle héroïne de Maupassant se donne moins à un homme de rencontre qu'au clair de lune (« Clair de lune », I, 477), Henriette se donne au soleil et au rossignol. Les sensations intenses qui *pénètrent* son corps ne viennent ni des caresses ni des mots du jeune homme, elle désire à travers lui quelque chose qui le dépasse, qu'elle croit pouvoir atteindre mais qui ne peut que rester inaccessible. C'est bien pourquoi, le désir satisfait, le rossignol sera muet et le soleil « obscurci »…

Ce genre de scène où la femme s'abandonne à son désir au sein de la nature constitue chez Maupassant « **un motif poétique érotique** », selon l'expression de Mariane Bury (*op. cit.*, p. 75). Nous en donnerons, après elle, quelques exemples. *Une vie* : « Il s'abattit sur elle, l'étreignant avec emportement. Elle haletait dans une attente énervée ; et tout à coup elle poussa un cri, frappée, comme de la foudre, par la sensation qu'elle appelait » (chap. v). *Mont-Oriol* : « Alors, sans un cri, sans révolte, sans résistance, elle se laissa retomber sur l'herbe, comme si cette caresse lui eût cassé les reins en brisant sa volonté. Et il la prit aussi facilement que s'il cueillait un fruit mûr » (I, 6). « Le Père » : grisés par « un arôme puissant, un immense souffle de parfums, cette sueur des fleurs » qui émanent d'un bois de lilas, François et Louise s'embrassent, « sans conscience de rien que leur baiser. Elle avait fermé les yeux et le tenait à pleins bras, le serrant éperdument, sans une pensée, la raison perdue, engourdie de la tête aux pieds dans une attente passionnée. Et elle se donna tout entière sans savoir ce qu'elle faisait, sans comprendre même qu'elle s'était livrée à lui » (I, 1073-1075).

De même, ici, Henriette se donne sous l'effet d'une exaltation sensuelle – et, ajouterons-nous, sentimentale – à laquelle l'a conduite cet « abandonnement d'elle-même », né d'« une partie de campagne », au printemps…

## UNITÉ 13C
## Le chant du rossignol

Cet extrait est nettement borné par deux actions symboliques (la reprise du chant du rossignol et son arrêt définitif) qui encadrent une longue description du chant de l'oiseau. Il entretient avec le passage précédent des relations de rupture et de continuité : rupture parce qu'il place – apparemment – au premier plan du récit non les amants mais le rossignol ; continuité puisque son chant n'est évidemment que la métaphore de l'acte d'amour qu'il a pour ainsi dire suscité. L'originalité de cette page réside moins dans le choix d'un tel procédé rhétorique que dans son traitement et dans son objectif : parfaitement intégré au récit, elle donne à imaginer – et non à *voir* – l'union des amants d'une manière plus précise que bien d'autres textes plus directs.

### Rapprochements : comment raconter une scène d'amour ?

Pour différentes raisons (pudeur, autocensure, conventions morales et esthétiques), la représentation littéraire de l'acte sexuel est souvent éludée. Le récit des ébats amoureux du héros et des paysannes, dans *Jacques le Fataliste*, enfreint un code tacite, et Diderot éprouve le besoin de se justifier en se réclamant de Montaigne. Généralement, les romanciers, même les réalistes, ont recours à l'ellipse* : « Quelques heures après, quand Julien sortit de la chambre de Madame de Rênal, on eût pu dire, en style de roman, qu'il n'avait plus rien à désirer » *(Le Rouge et le Noir)* ; « [...] vers midi, Lucien se réveilla [...] Coralie fut déshabillée en un moment, et se coula comme une couleuvre auprès de Lucien. À cinq heures, le poète dormait bercé par des voluptés divines » (Balzac, *Illusions perdues*). Dans *Bel-Ami*, Maupassant pratique aussi l'ellipse : « Elle [Mme de Marelle] jeta un cri, un petit cri, voulut se dresser, se débattre, le repousser, puis elle céda, comme si la force lui eût manqué pour résister plus longtemps. / Mais la voiture s'étant arrêtée bientôt devant la maison qu'elle habitait, Duroy, surpris, n'eut point à chercher des paroles passionnées pour la remercier » (I, 5) ; ou le sommaire* : « Ce fut [...] une brusque et folle étreinte, une courte lutte essoufflée, un accouplement violent et maladroit » (II, 1).

Dans *Madame Bovary*, Flaubert choisit la solution de la transposition, humoristique ou poétique. Humoristique, dans la fameuse scène du fiacre, où la voiture est animée par une « fureur de locomotion » qui suggère la frénésie amoureuse d'Emma et Léon, à l'intérieur (III, 1) ; poétique (et discrètement humoristique) dans le récit de la première chute d'Emma : « [...] défaillante, tout en pleurs, avec un long frémissement et se cachant la figure, elle s'abandonna. / Les ombres du soir descendaient ; le soleil horizontal, passant entre les branches, lui éblouissait les yeux. Çà et là, tout autour d'elle, dans les feuilles ou par terre, des taches lumineuses tremblaient, comme si des colibris, en volant, eussent éparpillé leurs plumes. Le silence était partout ; quelque chose de doux semblait sortir des arbres [...] » (II, 9).

Notre passage peut être lu comme **une réécriture** de cette scène, autant que de celle de Boccace déjà évoquée : le rossignol réel remplace les colibris métaphoriques (et comme eux il apporte au texte une note comique du seul fait de l'association entre l'amour et l'oiseau), le « sanglot » final semble un écho du « cri vague et prolongé » qu'Emma « écout[e] silencieusement, se mêlant comme une musique aux dernières vibrations de ses nerfs émus ».

## Écriture : humour et poésie

Quand Maupassant entreprend, après Boccace, de faire ainsi chanter le rossignol, il n'ignore pas que son public aime ce genre de sous-entendus aimablement grivois. De cet intérêt de l'époque pour la sexualité, sous les dehors d'un puritanisme sourcilleux, *Bel-Ami* donne une bonne illustration dans la scène du cabinet particulier : les deux couples, échauffés par la bonne chère, se mettent à parler d'amour et la conversation entre dans « le jardin fleuri des polissonneries distinguées. / Ce fut le moment des sous-entendus adroits, des voiles levés par des mots, comme on lève des jupes, le moment des ruses de langage, des audaces habiles et déguisées, de toutes les hypocrisies impudiques, de la phrase qui montre des images dévêtues avec des expressions couvertes [...] » (I, 5).

Comme ses personnages, Maupassant pratique en maître **l'art de l'équivoque**. La description détaillée du chant du rossignol vaut évidemment pour l'évocation de l'étreinte amoureuse : le texte mêle les champs lexicaux de la musique (« notes, modulations, mélodieux, gammes ») et de l'amour (« ivresse, passion, délire, pâmoisons, spasmes »), certains termes (« pénétrantes, se reposait, jaillissement, frémissement, saccades, cris ») convenant aux deux actions. Le procédé est filé de manière systématique. Pour qu'aucun lecteur ne puisse se méprendre, le dernier paragraphe et, auparavant, deux expressions érotiques font explicitement référence au couple, qui est alors nettement distingué du rossignol (« deux soupirs ardents qui se mêlaient au chant du rossignol », « sous l'arbre un crépitement de baisers ») : c'est l'équivoque sans l'ambiguïté... Ainsi les attitudes de l'oiseau qui chante sont celles d'une femme s'abandonnant au plaisir : c'est ce que suggèrent les mots « pâmoisons » (une des manifestations de la sensibilité féminine) et « ivresse » (déjà employé dans 10C pour décrire l'état de la jeune fille). Lu dans cette seule perspective, le texte relèverait de la simple gauloiserie, **l'humour** étant fondé ici sur le décalage entre les réalités de l'amour physique et le vocabulaire de la musique qui les évoque.

Mais ce qui préserve ce passage d'en rester à l'équivoque grivoise, c'est qu'il associe toujours (comme dans toute cette séquence C) l'amour humain à la nature. Un court paragraphe, détaché à dessein par la composition, l'indique nettement : « Une brise molle glissa, soulevant un *murmure* de feuilles, et dans la profondeur des branches passaient deux *soupirs* ardents qui se mêlaient au *chant* du rossignol et au *souffle* léger du bois ». Le bois, le rossignol et les amants sont ainsi animés par la même force vitale qui, à travers eux, fait entendre sa voix souveraine. Cette **vision panthéiste** de la nature ne constitue pas seulement un arrière-plan poétique, elle exprime en profondeur une conception de l'homme comme participant d'une nature animale (et même *bestiale* : voir ci-dessus pp. 12 et 61/10C). À travers ses sens, la jeune fille subit la loi de cette belle journée de printemps : « une brise *molle* » produit chez elle un « *amollissement* des nerfs » ; ses « soupirs *ardents* », le « *crépitement* de [ses] baisers » sont en harmonie avec « les *ardeurs* de ce jour », « l'*incendie* du ciel », de même que le « désir » du canotier, pénétrant « comme le soleil », et l'« *incendie qui s'allume* » dans le chant du rossignol.

Cette ambivalence que nous venons de mettre en évidence au plan de l'écriture s'observe aussi en ce qui concerne la narration et l'interprétation psychologique.

### Narration : le point de vue du rossignol

Par un procédé dont le cinéma a ensuite fait grand usage (mais que Renoir n'a pas repris), une image de la nature se substitue brusquement à celle du couple. Entre les deux scènes, s'établit une **relation métonymique** (il y a contiguïté des deux champs de vision, le rossignol étant perché juste au-dessus des amants), **métaphorique** (le chant de l'oiseau mime la relation amoureuse) et même **symbolique** : le rossignol, représentation traditionnelle de l'amour, prend ici la place de la jeune fille qui découvre le plaisir sexuel (d'où son « ivresse » croissante, ses « pâmoisons »). L'oiseau devient ainsi le personnage principal de cet épisode, celui dont le narrateur rapporte les évolutions et même, dans le dernier paragraphe, les perceptions. S'il se tait définitivement, c'est que le « gémissement » qu'il entend ne semble plus être en harmonie avec son chant. En donnant ainsi le point de vue du rossignol, le texte souligne la spécificité (l'étrangeté) de l'amour humain qui, jusque-là, avait évolué au rythme de la nature.

L'épisode a donc la structure de l'ensemble de la nouvelle. Il s'achève sur un énoncé de clôture qui est aussi un **effet de rupture, de dissonance** : par un phénomène de choc en retour, il modifie profondément la perception que l'on avait du texte. Davantage même, il joue un rôle essentiel dans la transformation de la *description* du chant du rossignol en *récit* de la relation amoureuse. Le retour du passé simple signale ici un événement, survenu au terme d'une progression des sensations et du mouvement, soigneusement marquée dans la description du chant du rossignol (« ivresse, passion, délire, furieux ; lentes, s'accélérant peu à peu, se déchaînait éperdument, course affolée »). Autrement dit, les variations du chant du rossignol suggèrent les ébats des amants, en jouant sur les mots « pénétrantes » et « jaillissement », le texte se donne à lire comme le récit de la première expérience amoureuse d'une jeune fille évoquée aussi dans sa réalité physiologique. Le narrateur de Boccace précisait explicitement que les amants « avaient fourni [...] six postes pendant la nuit ». Maupassant rompt avec cette arithmétique du plaisir qui caractérise l'esprit libertin et tente d'évoquer le plaisir des sens, d'autant plus ambigu que la technique du récit « objectif » le maintient dans un éloignement qui préserve son mystère.

**Psychologie : une expérience ambiguë**

Une première ambiguïté réside dans l'indistinction que le texte maintient entre la jeune fille et le canotier. Si l'on pense, comme nous y invite l'analyse du vocabulaire, que les sensations et les sentiments de l'héroïne sont privilégiés, on peut s'interroger sur ce qu'éprouve le jeune homme. Faut-il lui attribuer les « cris de triomphe » ? Ou bien signalent-ils la découverte du plaisir chez la jeune fille ? Les lacunes du texte maintiennent le personnage du canotier dans un rôle secondaire.

Le dernier paragraphe accentue cette division dans le couple : il n'y a plus « *deux* soupirs ardents », unis dans le désir, mais « *un* gémissement », « *un* sanglot », que l'on ne peut attribuer qu'à la jeune fille, déjà en larmes dans le passage précédent. La langue a établi depuis longtemps une relation entre la volupté et la mort (on parle, par exemple, de *petite mort*), et les termes cités peuvent évoquer le comble du plaisir. La comparaison avec « l'adieu d'une âme », toutefois, donne davantage de réalité à l'idée de la mort et indique que l'expérience que vient de faire la jeune fille mêle étroitement le bonheur et une forme de souffrance qui reste pour l'instant très mystérieuse. Le caractère fortement elliptique du récit incite le lecteur à se reporter à la fin de la nouvelle dans l'espoir que d'autres indices lui permettront d'élaborer une interprétation psychologique.

## SÉQUENCE D, UNITÉS 14D ET 15D
## Le retour des deux couples

### RÉSUMÉ

Quand les deux amants se relèvent, la nature printanière semble avoir perdu son charme et le désir a fait place en eux à un dégoût irrépressible. C'est Henriette maintenant qui appelle sa mère. Très agitée, Mme Dufour surgit de sous un buisson, suivie du canotier qui rit encore de l'aventure. Elle lui prend le bras tendrement et les deux couples, l'un derrière l'autre, regagnent les bateaux. Dans le dos d'Henri et d'Henriette, toujours muets, Mme Dufour donne un dernier baiser à son compagnon. **[Unité 14D.]**

À l'auberge, M. Dufour s'impatiente, le jeune homme est à nouveau en train de manger, la grand-mère voit arriver la nuit avec angoisse. Les adieux sont brefs, les femmes cachent leur émotion. **[Unité 15D.]**

### COMMENTAIRE GÉNÉRAL DE LA SÉQUENCE D

**Narration : parallélismes et contrastes**

L'unité de cette brève séquence est nettement marquée par les changements de lieux et par le regroupement progressif de la famille Dufour. La progression de l'action est ainsi ponctuée par **trois départs** : départ du « cabinet particulier » et retrouvailles des deux couples, ce qui rétablit le parallélisme apparu dans 10C ; départ de l'île et retrouvailles générales à l'auberge ; départ de l'auberge et reconstitution de la famille Dufour qui avait progressivement éclaté au cours de la partie de campagne. De nombreux rapports de symétrie sont donc établis avec les séquences précédentes. Ces contrastes sont accrus par le changement de rythme du récit, marqué par des accélérations et des ellipses* narratives. Tout se passe comme si l'événement central du récit avait eu lieu : la dernière phrase de cette séquence pourrait constituer le finale de la nouvelle.

Dans la séquence précédente, la disparition du personnage de Mme Dufour avait ménagé une lacune et du même coup suscité une hypothèse de lecture. Grâce à **divers indices** assez parlants, le lecteur peut reconstituer l'histoire dans sa continuité temporelle et vérifier que « la grosse dame » s'est montrée au moins aussi légère que sa fille. Cette similitude apparente de comportement débouche sur de nouveaux contrastes : si l'on devine fort bien les sentiments de la mère et de son canotier, ceux de la fille n'en paraissent que plus mystérieux.

Ces jeux de parallélisme et de contrastes ainsi que la part (même minime) qui est laissée au lecteur dans l'élaboration de l'histoire de la mère, donnent à cette séquence une **dimension comique**. Indépendamment des modalités du récit, le comique naît aussi du retour au premier plan du personnage de la mère et des divers contrastes qui sont ainsi réactivés : contrastes entre sa situation, son physique de petite-bourgeoise et sa conduite, entre ses motivations et celles de son canotier, entre son attitude et celle de sa fille.

### Psychologie : changement d'atmosphère

Le contraste est ici total entre l'ivresse sensuelle qui imprègne toute la séquence précédente et le sourd malaise auquel la jeune fille semble en proie. La nature n'a plus le même charme : effet de l'heure tardive mais surtout des préoccupations plus ou moins secrètes des personnages, maintenant dégrisés et aussi désireux de rentrer chez eux qu'ils l'étaient d'en partir le matin. La rapidité du retour et du départ qui caractérise cette fin de partie marque le retour à l'ordre et aux mœurs des petits-bourgeois.

La confrontation entre les deux femmes et leurs compagnons ordinaires suggère à nouveau les failles profondes qui existent à l'intérieur de chaque couple. Dans la scène des adieux, le mutisme des dames Dufour trahit une tristesse secrète. Chez la mère et fille, elle se manifeste par des expressions différentes (soupir, larme) dont l'interprétation est laissée au lecteur.

## UNITÉ 14D
## Le retour des amants

Cette unité présente la réunion des deux couples après la double inconstance et leur retour aux bateaux puis à l'auberge. Elle est tout entière structurée par des jeux de parallélismes et de contrastes qui montrent que la jeune fille et sa mère n'ont pas vécu la même aventure amoureuse.

### Narration : le jeu des points de vue

Les deux couples sont présentés successivement dans deux courts mouvements. Les contrastes qui les opposent sont accentués par le jeu des points de vue narratifs*.

Henriette et Henri sont désignés par le pronom personnel « ils » qui n'établit aucune différence entre eux. Ils reçoivent d'ailleurs les mêmes qualifications : pâleur, mutisme, marche rapide, dégoût. Le point de vue narratif est ici ambigu. D'une part, les personnages sont *vus* de l'extérieur ; le narrateur se contente de décrire leur attitude commune pour suggérer leur profond malaise et il a recours à la modalisation* (« semblaient », « comme si ») pour préserver cette apparence de focalisation externe*. D'autre part, il donne quelques aperçus sur leur vision du monde (« Le ciel bleu *leur paraissait* obscurci ; l'ardent soleil était éteint *pour leurs yeux* ») et sur leurs sentiments (comme des « ennemis », les amants n'éprouvent plus que du « dégoût » physique et même de la « haine » l'un pour l'autre). Les appels d'Henriette montrent son désir de retrouver sa mère. Aucune explication n'est donnée au profond malaise qui divise le couple.

Sur l'autre couple, le narrateur adopte un point de vue à la fois limité et précis. Rejetant l'omniscience et l'analyse psychologique, il délègue ses pouvoirs à Henri mais la présence de modalisateurs* (« Henri *crut* voir », « peut-être », « Henri [...] *crut* distinguer ») ne doit pas faire illusion : le jeune homme sait à quoi s'en tenir sur le comportement des femmes et sur celui de son ami, il est donc capable de repérer les indices qui permettent de deviner ce qui vient de se passer entre Mme Dufour et le canotier et même les sentiments qui les habitent au moment où ils réapparaissent. Tout d'abord, il est clair que le canotier a poussé le « dévouement » jusqu'à son point ultime en devenant l'amant de Mme Dufour. Celle-ci ne répond pas aux appels (pour les mêmes raisons que sa fille auparavant), elle rabat sa « jupe blanche » (vêtement de dessous, qu'elle portait sous sa « robe de soie cerise ») avant de sortir de « sous un buisson », « trop près peut-être de son voisin » ; sa « poitrine orageuse » et son « œil très brillant » (celui de sa fille, dans 8B, « s'allumait vaguement ») constituent des signes parfaitement interprétables pour Henri comme pour le lecteur. Manifestement, le plaisir qu'elle vient d'éprouver ne lui laisse aucune amertume, elle témoigne au contraire sa reconnaissance au canotier en lui prenant le bras « d'un air tendre » puis en lui donnant « un gros baiser ».

Lui-même a un rire à la fois amusé et moqueur, qui montre qu'il a pris avec elle un plaisir d'un autre ordre. Le mystère porte donc non pas sur les sentiments actuels de Mme Dufour et du canotier mais sur la manière dont s'est déroulée la scène d'amour entre des personnages aussi différents par leur physique et leurs motivations. Le lecteur, comme Henri, est placé en position de voyeur ; le **récit grivois**, distribuant habilement les ellipses narratives et les indices, sollicite sa participation et son imagination sans employer un mot inconvenant. Faut-il supposer que le canotier, à défaut d'être animé par un désir violent, s'est intéressé à « l'énorme dame » comme à une curiosité rare ? Celle-ci s'est-elle montrée ridicule ou a-t-elle su compenser le handicap que représente son physique par des trésors d'invention ? Le lecteur de « Boule de suif » se souvient peut-être que la prostituée, « ronde de partout », dotée d'« une gorge énorme » plaisait aux hommes : « Elle était [...], disait-on, pleine de qualités inappréciables »...

Le lecteur reste sur **l'image comique** des deux couples contrastés marchant l'un derrière l'autre. Les rapports habituels entre mère et fille sont ici bizarrement inversés : c'est Henriette qui semble rappeler Mme Dufour au devoir, celle-ci, comme une jeune fille amoureuse, s'attardant volontairement pour pouvoir donner un dernier baiser en cachette.

### Psychologie : des réactions contrastées

Reste à interpréter le malaise de la jeune fille et de son compagnon. On peut faire référence au lieu commun (adapté d'Aristote) selon lequel la chair est triste après l'amour (« *Post coitum omne animal triste* »).

Constatons d'abord que l'œuvre de Maupassant fournit plusieurs exemples d'héroïnes qui, sous l'effet d'une exaltation sensuelle ou sentimentale, se laissent posséder, presque contre leur volonté, et sont ensuite brusquement dégrisées. L'une d'elles, dans un bois de lilas, s'est donnée « tout entière sans savoir ce qu'elle faisait » : « Elle se réveilla dans l'affolement des grands malheurs et elle se mit à pleurer, gémissant de douleur, la figure cachée sous ses mains » (« Le Père », I, 1075). Une autre cède devant les ruines d'un manoir éclairées par la lune : « Mais à peine eût-il desserré son étreinte, elle se releva et se sauva, éperdue, frissonnante et glacée soudain comme un être qui vient de tomber à l'eau. » Rentrée chez elle, elle se met au lit : « Elle pleura, la figure dans l'oreiller, longtemps, longtemps, inerte, anéantie. Elle ne songeait plus, elle ne souffrait point, elle ne regrettait pas. Elle pleurait sans songer, sans réfléchir, sans savoir pourquoi. Elle pleurait par instinct, comme on chante quand on est gai » (*Mont-Oriol*, VII).

Ces textes, surtout le deuxième, esquissent une analyse psychologique sans pour autant donner une véritable explication à ces accès de tristesse. Il semble bien qu'il y ait, pour Maupassant, une réaction à **l'animalité de la condition humaine** : les rêves ou les sensations les plus délicates conduisent fatalement à l'étreinte amoureuse, qui les dissipe et même qui suscite le dégoût. Un autre conte analyse ce sentiment : « Cette sensation d'horreur et d'insurmontable dégoût, nous l'éprouvons aussi quand, emportés par l'impétuosité du sang, nous nous laissons aller aux accouplements d'aventure. » (« Les Caresses », I, 953). C'est sans doute ce qui arrive à Henriette et Henri.

Peut-être aussi y a-t-il là un écho du **pessimisme de Schopenhauer**, auquel Maupassant se réfère à plusieurs reprises. Selon lui, en nous abandonnant à l'amour et au plaisir, nous tombons dans le piège que la nature nous a tendu pour assurer sa perpétuation ; c'est pourquoi, « dès que nous nous sommes laissé prendre, dès que l'affolement d'un instant est passé, une tristesse immense nous saisit, car nous comprenons la ruse qui nous a trompés ». Henri n'a-t-il pas dit que « les rossignols chantent de jour » quand « les femelles couvent » ? Ce pessimisme est accru par la **dualité de l'homme**, qui rêve souvent de s'élever au-dessus de sa condition, d'atteindre une forme d'idéal qui lui est, par nature, inaccessible. Les « désirs *infinis* de bonheur », les « révélations de poésies *surhumaines* » ne peuvent que conduire Henriette à la déception au moment de la retombée dans la réalité. On peut conclure que la jeune fille vient de faire une **expérience existentielle** en découvrant les limites de la condition humaine, toujours soumise à la loi de la nature. N'oublions pas, toutefois, que le récit n'est pas achevé et que la dernière séquence fournira d'autres indices pour l'interprétation.

La situation de sa mère est tout autre. Rien n'indique qu'elle ait été abusée par ses sens ni qu'elle ait idéalisé l'aventure, au contraire. « Les petits cris » qu'elle a poussés ont bien été compris par le canotier qui la « lutinait » comme une protestation affectée, un encouragement à continuer. (Peut-être même l'a-t-elle entraîné plus loin qu'il n'aurait voulu…) Elle donne ici les signes d'un **bonheur complet**, qui s'est accompli sur le plan physique. La reconnaissance de Mme Dufour, manifeste dans le « gros baiser » qu'elle donne au canotier, indique qu'elle a goûté sans remords un plaisir que son époux ne lui donne pas (ou lui donne rarement) l'occasion de connaître. Sa seule gêne vient du fait que sa fille est le témoin de son infidélité mais sa mine « un peu confuse » semble être un appel à l'indulgence, à la compréhension. Dans la complicité tacite des deux femmes, on devine un égal mépris pour les hommes avec lesquels elles doivent vivre. La seule question que l'on se pose, rétrospectivement, est de savoir à partir de quel moment Mme Dufour a su comment finirait la promenade champêtre et si c'est délibérément qu'elle a laissé sa fille en galante compagnie.

## UNITÉ 15D
## Le départ de l'auberge

### Narration : l'accélération du récit

Elle témoigne de la dégradation de l'atmosphère et du retour à l'ordre. Quelques mots suffisent pour effacer les différences entres les personnages, maintenant constitués en groupe homogène par l'emploi du « on », et pour les ramener à Bezons. L'idylle semble bien finie ; par un mouvement symétrique à celui du début, « la famille Dufour » réintègre la carriole qui va la ramener dans sa boutique.

Plus que jamais, le narrateur se cantonne dans son rôle de témoin objectif mais attentif. Il fixe une dernière fois chaque personnage dans une attitude significative, caricaturale, si l'on pense au jeune qui est encore en train de manger. Seuls sont précisés les sentiments de la grand-mère et du père (on les imagine marmonnant) ; encore n'expriment-ils pas leurs réactions à ce qui vient de se passer. « Les canotiers », à nouveau réunis comme des frères jumeaux, semblent redevenus des personnages secondaires, dépourvus d'intériorité. La séquence se clôt sur une dernière phrase comique par son resserrement et son caractère délibérément allusif : au lecteur de deviner qui soupire et qui pleure, et ce qu'expriment ces attitudes.

Ce pourrait être la phrase finale : elle fait référence implicitement au début de l'aventure (le « soupir » de la mère et la « larme » de la fille renvoient au « sourire » et au « regard » qu'ont échangés les canotiers dans 7B en voyant arriver la mère puis la fille), elle synthétise les sentiments contrastés de la mère et de la fille en une sorte de point d'orgue qui ouvre sur l'avenir (l'aventure aura des prolongements, au moins par les souvenirs).

**Psychologie : deux femmes malheureuses**

Le lecteur attendait évidemment les réactions du père et de l'apprenti après la longue absence des deux femmes et des canotiers. Leur indifférence à ce sujet est un nouvel indice des relations qui existent au sein de la famille Dufour. M. Dufour s'impatiente : il est temps de s'en aller et voilà un moment que le pêcheur d'occasion doit s'ennuyer faute de « prendre du goujon ». Fait remarquable, il ne manifeste ni jalousie ni soupçon. Le jeune homme achève de se remplir le ventre, comme s'il n'était venu que pour cela. Rien n'indique, dans son attitude, le fiancé déclaré et accepté, sauf sa ressemblance avec le père, qui l'a sans doute choisi à son image. Chez les petits-bourgeois, l'amour n'est pas la valeur essentielle.

Les dames sont plus sensibles, elles l'ont déjà montré, mais leur communauté d'attitude cache une diversité de sentiments. On peut penser que le soupir de la mère exprime le regret d'un bonheur trop vite et trop rarement goûté, mais la larme discrète de la fille ? Les hypothèses du lecteur sont ici plus incertaines, même quand il a pris connaissance de l'épilogue. Cette souffrance est-elle le prolongement de son malaise précédent ?

Est-elle provoquée par le souvenir de ce qu'elle quitte (elle ne connaîtra plus pareille ivresse des sens) ou par la pensée de ce qui l'attend ? Dans ce dernier cas, prend-elle conscience d'avoir commis une faute dont son mari aura connaissance dès la nuit de noces, ou est-elle affligée de se savoir condamnée à vivre avec un être médiocre ? On sait que la jeune fille, chez Maupassant, reste un personnage mystérieux.

## SÉQUENCE E, UNITÉS 16E ET 17E
## Épilogue

### RÉSUMÉ

Deux mois plus tard, à Montmartre, Henri passe par hasard devant la quincaillerie des Dufour. Il y trouve Mme Dufour, lui demande des nouvelles d'Henriette, apprend qu'elle a épousé l'apprenti, devenu le successeur de M. Dufour. La nouvelle l'émeut et l'attriste, il veut partir, mais Mme Dufour, émue à son tour, le retient pour lui parler de son ami : elle aurait du plaisir à le revoir. **[Unité 16E.]**

Au printemps suivant, l'esprit toujours occupé par cette aventure, Henri retourne dans l'île. Dans la chambre de verdure, il découvre Henriette, assise, l'air triste, près de son mari endormi. L'extrême pâleur de la jeune femme trahit son émotion, mais elle réussit à la dominer et à parler de choses insignifiantes. Soudain, Henri lui ayant confié qu'il venait souvent là le dimanche, en proie à ses souvenirs, elle lui avoue, les yeux dans les yeux, qu'elle y pense chaque soir. Mais le mari se réveille et reprend ses droits, mettant fin à la scène et au récit... **[Unité 17E.]**

### COMMENTAIRE GÉNÉRAL DE LA SÉQUENCE E

**Narration : clôture, relecture, ouverture**

Cette séquence constitue l'épilogue du récit. Elle est composée de deux brèves scènes, isolées par **deux ellipses* temporelles** marquées par deux blancs. Cet artifice de composition permet de créer plusieurs effets de surprise, qui se succèdent comme en cascade au fur et à mesure que le lecteur reçoit, directement ou indirectement, des **informations nouvelles** : mariage d'Henriette, sentiments d'Henri, sentiments d'Henriette. Les questions qu'il se posait encore du fait des lacunes que la narration avait ménagées délibérément dans les séquences C et D trouvent là des réponses, mais des réponses partielles seulement. Si le mariage d'Henriette et du jeune homme était déjà décidé le 31 mai, on comprend mieux pourquoi sa relation éphémère avec Henri a été évoquée sur le mode sérieux, contrairement à celle qui unit Mme Dufour et son canotier. En fournissant ainsi, de manière différée, des éléments d'explication, le narrateur satisfait la curiosité et l'attente du lecteur.

Mais la **clôture de la nouvelle** le renvoie aussi aux épisodes précédents du récit avec lesquels elle entretient des relations de parallélisme et de symétrie : les deux scènes dans le « cabinet particulier », par exemple, s'éclairent l'une l'autre. Ainsi, ces informations nouvelles déclenchent une **lecture rétrospective** qui est une nouvelle source de plaisir : les événements passés baignent maintenant dans une atmosphère nouvelle, à la fois plus comique (il y a deux maris jobards) et plus sérieuse (il pourrait bien y avoir là autre chose qu'une simple histoire de canotiers et de rossignol). D'autres interrogations se font jour : pourquoi Henriette a-t-elle pris un amant par anticipation juste avant son mariage ? Comment sa mère a-t-elle pu la laisser s'isoler avec Henri ? Comment s'est passé le mariage ? Le lecteur est amené à confronter cet épilogue et le reste du récit pour **construire une interprétation**.

En outre, ce finale crée une **ouverture**, un prolongement du récit dans l'imagination du lecteur. C'est principalement l'effet de la brève réplique de la jeune femme, qui laisse dans notre esprit l'image d'une scène poignante, symbole d'une vie ratée, d'une souffrance que le temps même semble devoir aviver puisqu'elle se renouvelle « tous les soirs ». La découverte de la tristesse d'Henri ouvre aussi une nouvelle perspective : on peut se demander si l'habile séducteur, le don Juan des bords de Seine se trouve pris au piège de l'amour.

Les personnages trouvent là leur place définitive : celui d'Henri, qui fait le lien entre les deux parties de l'épilogue, est brusquement réévalué, il forme avec Henriette un couple impossible, uni dans la même nostalgie sensuelle et à jamais séparé par l'irruption au premier plan du fantomatique « jeune homme aux cheveux jaunes », devenu le mari ridicule et tyrannique qui appelle sa femme « ma bonne » et lui impose une vie végétative.

## Société : un canotier chez les petits-bourgeois

Le personnage d'Henri a ici un double statut : il est bien sûr le canotier hanté par le souvenir de sa bonne fortune, il est aussi celui qui conduit le lecteur jusque dans l'intimité bourgeoise, la boutique d'abord, où trône la patronne, puis la « chambre dans le bois » où le jeune couple donne à voir le malentendu qui a présidé à sa constitution. Autrement dit, il est à la fois un type sociologique (très sommairement défini) qui renvoie le lecteur au réel et une fonction qui donne une cohérence et une légitimité à la fiction*.

Son entrée dans la quincaillerie permet au narrateur de révéler les **mœurs bourgeoises** en matière de mariage et d'amour. La brève conversation avec Mme Dufour met en évidence une loi sociale non écrite, scrupuleusement respectée dans ce milieu de boutiquiers, et qui veut que l'apprenti prenne en charge les intérêts de la boutique et de la famille en succédant à son patron et en épousant sa fille. L'évidente disparité de tempérament qui existe entre Henriette et le jeune homme ne semble pas avoir été prise en compte. Elle est pourtant rappelée fortement dans la deuxième partie de l'épilogue, qui révèle ce que Mme Dufour feint d'ignorer.

Sous l'impersonnalité du récit, on peut voir là une **forme de dénonciation** d'un mal social. Le personnage de la femme mal mariée, pour des raisons de conventions et de convenances sociales – et par là même tentée par l'adultère –, est récurrent dans le roman réaliste du XIXe siècle. Pensons aux héroïnes de Balzac (celle de *La Femme de trente ans*, « un cœur désenchanté, une jeune femme à qui l'expérience d'un jour, d'une nuit peut-être, avait suffi pour apprécier la nullité de Victor », son mari ; ou celle du *Lys dans la vallée*, qui se prénomme aussi Henriette...), Stendhal (Mme de Rênal, dans *Le Rouge et le Noir*), Flaubert (*Madame Bovary*) ou Zola (*Thérèse Raquin*). Maupassant lui-même a créé les personnages de Mme de Marelle et de Mme Walter dans *Bel-Ami*, et de Christiane dans *Mont-Oriol*. La remise en cause du mariage bourgeois était alors d'actualité, à une époque où la loi sur le divorce (votée en 1884) occupait les esprits. Maupassant prit part au débat dans plusieurs chroniques : « Un dilemme », « Adultère » (à propos de *Pot-Bouille*, de Zola), « Le Divorce et le théâtre ». Il écrivait dans la première : « Le droit exclusif de propriété exercé sur un être égal à nous constitue une sorte d'esclavage, détruit en partie le libre arbitre de cet être, attente en tout cas d'une façon flagrante à l'intégrité de sa liberté » (*Chro.*, 1, 334).

## COMMENTAIRE DÉTAILLÉ DES UNITÉS 16E ET 17E

### UNITÉ 16E
### Épilogue 1 : le mariage

#### Narration : un dialogue, deux conversations

L'autonomie de cette scène est clairement marquée par le fait qu'elle se présente comme un dialogue rapporté au discours direct. Le choix des deux personnages n'est pas innocent : Mme Dufour et Henri n'appartenant pas au même couple illégitime, ils ne peuvent aborder le sujet qui leur tient à cœur que de manière prudente, assurés, d'ailleurs, que leur tacite complicité leur permet de se comprendre à mots couverts. La respectabilité affichée de la commerçante à son comptoir (ses rondeurs valent ici pour un certificat de bonnes mœurs) exige que la visite, même improvisée, sacrifie au rituel des « mille politesses », de la demande de « nouvelles », de la présentation de « compliments » et interdit toute allusion inconvenante au passé. On parle donc du présent (« comment va-t-elle ? ») ou d'un avenir proche (« dites-lui donc de venir nous voir ») pour exprimer les sentiments qu'a suscités la double aventure amoureuse. Dans ce **dialogue codé**, le « nous » cache pudiquement les désirs de Mme Dufour, un « Adieu ! » exprime l'envie de fuir pour mettre fin à un malaise. Le lecteur, qui occupe une position de supériorité par rapport aux personnages, prend plaisir à interpréter leurs paroles et leurs silences.

Il existe deux autres sources de **comique**. D'une part, ce dialogue se compose en réalité de deux conversations, chacun des interlocuteurs cherchant successivement à aborder le sujet qui l'intéresse. On retrouve donc ici les **jeux de parallélismes et d'oppositions** que crée la présence dans l'histoire d'une double intrigue réunissant des personnages à la fois semblables et différents (la mère et la fille, les deux canotiers). Henri et Mme Dufour posent ainsi les mêmes questions (« Et mademoiselle Henriette [...] ? », « Et... avec qui ? » / « Et votre ami ? ») et répondent sur le même ton d'évidence (« Mais avec le jeune homme » / « Mais il va bien »). Le lecteur perçoit sous ces parallélismes tout ce qui sépare les personnages : Mme Dufour n'imagine pas que la nouvelle du mariage de sa fille puisse affecter le canotier parce que la manière dont ils ont vécu leur aventure amoureuse est différente. Ainsi ce dialogue suscite deux attitudes chez le lecteur : il peut se moquer du badinage amoureux à peine voilé de Mme Dufour (ce personnage suscite toujours le sourire dans la nouvelle) et se montrer sensible à l'« émotion » qui étreint le jeune homme.

**Psychologie : deux manifestations de l'amour**

On sait que le canotier éprouvait devant la jeune fille « émotion » et « désir » (10C). Le texte n'a fourni depuis aucune autre indication en dehors du « dégoût » qui sépare ensuite les deux amants. Le fait qu'il entre dans la boutique puis la tristesse vague qu'il éprouve à l'annonce du mariage d'Henriette, montrent que leur relation aurait pu être autre chose qu'un de ces « accouplements d'aventure » évoqués dans le conte intitulé « Les Caresses ». On sait que le silence du narrateur s'explique par le refus des *subtilités* psychologiques : en laissant au personnage une part de mystère, il donne davantage l'illusion de la réalité. Le lecteur est donc conduit à interpréter cette tristesse sans cause en se référant à des schémas courants qui y voient la manifestation d'un sentiment amoureux qui n'est pas encore parvenu à la conscience claire.

Mme Dufour donne des signes plus évidents de ses sentiments. Passant sur la pudeur dont une bourgeoise devait faire preuve dans sa boutique plus encore qu'à la campagne, elle entend bien profiter de cette rencontre inespérée pour lancer une invitation à son canotier. C'est donc elle qui rappelle Henri, l'interroge, le charge d'un message transparent (« dites-lui donc de venir *nous* voir... »), qu'elle précise ensuite dans une phrase au singulier sans équivoque et chargée d'affectivité (« Ça *me* ferait *bien* plaisir »). L'insistance qu'elle met à s'assurer que le message sera transmis (« dites-lui ») et suivi d'effet (« Non... à bientôt ! ») provoque à nouveau le sourire du lecteur. L'impudeur et la naïveté du personnage sont d'autant plus comiques que l'on n'imagine guère que le canotier envisage de se « dévouer » à nouveau…

**Société : la satire de mœurs**

Ce passage comporte donc une dimension satirique qui vise à la fois la famille Dufour comme représentant la petite-bourgeoisie et le personnage de Mme Dufour.

Sur le premier point, le texte permet d'établir un fort contraste entre l'extrême sensibilité de la jeune bourgeoise à la campagne et l'absence totale de sentiments qui a présidé à son mariage. C'est bien ainsi, en effet, que l'on doit interpréter l'indifférence dont les futurs mariés ont fait preuve pendant cette journée où la nature entière poussait les êtres à l'amour, indifférence d'autant plus surprenante que le mariage était déjà décidé. Des gens qui projettent une partie de campagne cinq mois à l'avance (2A) ne marient pas leur fille en quelques semaines et le lecteur comprend donc, rétrospectivement, que deux mois auparavant, le jour de cette partie, la jeune fille était fiancée et la date du mariage fixée[1]. Le silence que le narrateur a gardé sur ce point était bien sûr indispensable à la production de l'effet de surprise mais on peut penser aussi qu'il reflète la **mentalité bourgeoise** : le mariage de la fille du patron et de l'apprenti allait de soi, comme un acte assurant la continuité de la prospérité familiale. C'est ce que suggère l'étonnement de la mère devant la question d'Henri : il n'y avait pas deux maris possibles pour sa fille.

Les paroles de Mme Dufour sont donc l'expression de la mentalité petite-bourgeoise dont Maupassant s'est si souvent moqué dans ses contes et ses nouvelles. La satire s'exprime ici par des **mots équivoques** qui parasitent le discours du personnage, comme pour dénoncer ce refoulement systématique de l'amour. En disant que l'apprenti « prend la suite »

1. Contrairement à la nouvelle de Maupassant, le film de Renoir précise d'emblée dans un « sous-titre » que l'apprenti est le « futur gendre » de M. Dufour. Ce carton n'a pas été voulu par le cinéaste, qui n'avait pas achevé le tournage en 1936 et qui n'a pas procédé à son montage en 1946, mais par le producteur (renseignements communiqués par Olivier Curchod, auteur d'une étude sur ce film à laquelle nous renvoyons le lecteur).

(du patron à la boutique), elle rappelle également – involontairement – qu'il n'est aussi que le successeur d'Henri auprès d'Henriette... Quant aux « compliments » que Mme Dufour adresse au canotier, ils peuvent être reçus comme un éloge appuyé de la part d'une femme qui a constaté que son mari était bien inférieur à son amant d'un jour. L'enchaînement des deux sujets de conversation suggère d'ailleurs qu'il existe un lien entre la situation que le mariage petit-bourgeois réserve à la femme et sa légèreté pendant les parties de campagne : la mal mariée peut être tentée de chercher ailleurs le bonheur physique que son mari ne lui donne pas.

## UNITÉ 17E
## Épilogue 2 : la nostalgie

### Narration : un dénouement à effets multiples

Cette deuxième partie de l'épilogue se présente comme une scène bien délimitée par la réunion des trois personnages que l'intrigue principale met en relation. Elle entretient des rapports étroits avec le passage précédent, dont la sépare une ellipse de temps de dix mois, et avec la scène d'amour qui a eu lieu un an auparavant dans ce même lieu isolé et symbolique. L'ellipse temporelle et l'absence d'Henriette dans l'unité précédente suscitent une **interrogation du lecteur** : comment cette jeune femme qui semble faite pour le plaisir des sens (voir sa description initiale sur la balançoire dans 5A) peut-elle s'accommoder d'un mari aussi falot, d'une vie aussi léthargique ? On demande à *voir* ce couple si mal assorti, on attend que certaines lacunes du récit soient comblées. La scène, malgré sa brièveté, fournit de nouveaux indices sur les relations d'Henriette avec son mari (leur attitude dans la « chambre dans le bois », l'absence d'enfant) et sur les sentiments qu'elle éprouve pour Henri (son extrême pâleur). Le seul fait que les amants retournent dans ce lieu à ce moment de l'année suggère d'ailleurs les sentiments qui les habitent et invite le lecteur à réévaluer l'importance de la scène qui s'y est déroulée au printemps précédent.

Ce phénomène de **lecture rétrospective** est accentué par les deux répliques qui clôturent le récit. Maupassant utilise souvent ce procédé qui produit un effet de surprise et oblige le lecteur à reconstruire le récit qu'il vient de lire en réinterprétant les indices qu'il contient. Dans « La Parure », l'héroïne apprend soudain qu'elle a gâché sa vie pour rembourser un bijou qu'elle croyait valoir trente-six mille francs et qui n'était qu'un faux. Dans « Petit soldat », un jeune Breton se jette dans la Seine (au pont de Bezons, précisément) parce qu'il croit que son ami l'a abandonné pour une fille. Celui-ci le regarde se noyer, impuissant, puis prononce ces derniers mots : « – S'il avait su… » Le lecteur doit alors remettre en cause la manière dont il avait compris les relations entre les trois personnages et élaborer d'autres hypothèses.

Dans « Une partie de campagne », la réplique d'Henriette modifie l'image que le lecteur s'était faite d'elle après la scène d'amour : il comprend alors qu'en s'abandonnant entre les bras du canotier, elle a saisi – sans doute sans en avoir vraiment conscience – la seule chance qu'elle avait de connaître le bonheur des sens, et qu'elle est vouée à passer sa vie aux côtés d'un médiocre. **L'épisode amoureux est ainsi remis en perspective**, il ne peut plus être lu simplement comme le récit léger, presque comique, de la conquête d'une petite-bourgeoise sentimentale par un séducteur expérimenté.

Enfin cet épilogue ne comble pas toutes les lacunes d'un récit délibérément elliptique. On pouvait attendre ici un retour en arrière (une analepse*) précisant les relations entre Henriette et son mari. Or la conversation entre la jeune femme et Henri, insignifiante, ne fournit aucun renseignement au lecteur, qui doit se contenter d'interpréter l'attitude des deux époux, la pâleur d'Henriette et sa dernière réplique. Ce type de **dénouement largement ouvert** est conforme à la poétique que Maupassant définit *a contrario* en critiquant « le Romancier d'hier » qui, pour mieux plaire au public, s'écarte de la vraisemblance. « Le romancier qui transforme la vérité constante, brutale et déplaisante, pour en tirer une aventure exceptionnelle et séduisante » recourt à « une série de combinaisons ingénieuses conduisant avec adresse au dénouement. Les incidents sont disposés et gradués vers le point culminant et l'effet de la fin, qui est un événement capital et décisif, satisfaisant toutes les curiosités éveillées au début, mettant une barrière à l'intérêt, et terminant si complètement l'histoire racontée qu'on ne désire plus savoir ce que deviendront le lendemain les personnages les plus attachants » (« Le Roman »). Le dénouement d'« Une partie de campagne », au contraire, maintient l'intérêt du lecteur pour des personnages que leurs attitudes et leurs paroles (leurs silences, aussi) ne rendent jamais entièrement clairs et qui ressemblent davantage, de ce fait, à de véritables individus.

Le lecteur peut être ainsi amené à combler les "blancs" du récit et notamment à préciser la figure du « garçon aux cheveux jaunes » (à peine esquissée jusque-là) à partir des informations nouvelles, qui lui apparaissent comme autant d'indices. Le texte joue sur **un topos* romanesque** fréquent dans les œuvres de cette époque : citons, parmi bien d'autres exemples, la rencontre de Charles et de Rodolphe à la fin de *Madame Bovary* ou la relation entre M. Hennebeau, son épouse et son neveu Négrel dans *Germinal*. Dans *Bel-Ami*, Maupassant fait évoluer plusieurs trios amant/femme/mari : Vaudrec/Madeleine/Forestier, Bel-Ami/Mme de Marelle/M. de Marelle, Vaudrec/Madeleine/Bel-Ami, Laroche-Mathieu/Madeleine/Bel-Ami, Bel-Ami/Mme Walter/M. Walter, dont les maris se montrent complaisants, "jobards" ou jaloux, selon leur personnalité ou leur situation. Le dénouement permet d'imaginer ici un mari impuissant, ou du moins insensible au désir sexuel ; c'est ce que suggèrent son attitude dans cette scène (il dort « comme une brute » près d'une jeune femme dont la beauté est censée provoquer chez tout homme « un soulèvement des sens » – voir 5A) et le fait qu'il n'est question ni d'enfant ni de grossesse un an après le mariage (Mme Dufour, elle, avait dû donner très vite une héritière à M. Dufour : 4A lui attribue « trente-six ans environ » alors que 5A donne à sa fille « dix-huit à vingt ans »). En bon bourgeois, il préfère les plaisirs de la table à ceux de la chair, et il a épousé la fille de son patron pour la situation qu'elle lui apportait.

Le texte ne précise pas non plus les sentiments d'Henriette et les raisons pour lesquelles elle a conduit son mari dans l'île. Le caractère elliptique du récit donne à cette scène l'allure d'une "tranche de vie" brute et brutale ; il permet de produire l'effet de contraste, le « coup de fouet final » (Vial) qui décuple l'émotion et qui occupe une place essentielle dans la poétique* du récit bref chez Maupassant.

### Écriture : le mot de la fin

Mariane Bury note que chez Maupassant « l'ensemble des récits et des romans se trouve orienté vers la fin, clôture narrative assurant l'ultime effet de réel. La dernière phrase joue un rôle capital puisqu'elle précède le silence hors texte chargé de significations » (*op. cit.*, p. 245). Cette nouvelle nous oblige à analyser deux *dernières phrases*, celle du mari étant précédée de celle d'Henriette.

**La réplique d'Henriette** joue un rôle essentiel dans l'économie du récit puisqu'elle donne une information qui, on l'a vu, modifie complètement l'idée que le lecteur pouvait se faire de sa situation. On peut la rapprocher du dernier vers du poème de Victor Hugo déjà évoqué pour la relation qu'il établit entre le rossignol et l'initiation amoureuse. Dans « Vieille chanson du jeune temps », le vers final exprime le regret du poète d'avoir compris trop tard les invites discrètes mais répétées de sa compagne ; il s'oppose ainsi au vers précédent et au premier vers du poème :

Je ne songeais pas à Rose ; (v. 1)
Rose au bois vint avec moi ;
.........................................................
« Soit ; n'y pensons plus ! » dit-elle. (v. 35)
Depuis j'y pense toujours. (v. 36)

La confidence d'Henriette, tout aussi elliptique, prend sens si on la met en relation avec deux autres passages. Elle s'oppose aux propos d'Henri, qui a déclaré venir dans l'île « souvent [...], le dimanche », en affirmant la supériorité de la souffrance de la jeune fille : « – *Moi*, j'y pense *tous* les soirs ». Manifestement, l'épisode amoureux n'a pas le même sens ni les mêmes conséquences pour les deux amants. En outre la précision temporelle (« tous les soirs ») renvoie évidemment au moment où les époux sont dans la chambre conjugale, écho dérisoire de la « chambre dans le bois » où Henriette a connu une expérience exceptionnelle. La réplique traduit donc la souffrance d'une femme sensuelle que son mari laisse insatisfaite et qui ne connaît pas d'autre bonheur que celui que donnent les souvenirs d'un moment heureux mais unique. C'est aussi la situation de l'héroïne de « La Parure ». Fascinée (comme

Emma Bovary) par la vie du grand monde, cette femme d'employé garde le souvenir ébloui d'un bal au ministère : « Parfois, lorsque son mari était au bureau, elle s'asseyait auprès de la fenêtre, et elle songeait à cette soirée d'autrefois, à ce bal, où elle avait été si belle et si fêtée » (I, 1205). De même, pour Henriette, la partie de campagne a été à la fois un bonheur et un piège puisqu'elle lui rend difficilement supportable la vie que lui impose sa condition sociale.

**La réplique du mari** met brutalement fin aux confidences. C'est la voix de la sagesse bourgeoise qui oppose à la poésie du sentiment et du désir les habitudes d'une vie où le plaisir est chichement mesuré. « Il est temps de nous en aller » : la formule renvoie au départ précédent, sous l'égide d'un M. Dufour impatienté (15D), mais aussi au titre qui définit la « partie de campagne » comme une simple parenthèse dans la vie des petits-bourgeois. La nouvelle se clôt ainsi, de manière ironique, sur l'image du mari jobard mais qui, jouissant pleinement de son repos et de son autorité, n'est sans doute pas le plus malheureux…

### Psychologie : le couple bourgeois et l'amant

En surprenant les deux époux dans la chambre de verdure, Henri découvre (et fait découvrir au lecteur) leur intimité conjugale. De toute évidence, leur attitude doit être semblable « tous les soirs » : lui endormi, en pleine digestion, apparemment insensible à la beauté de sa femme et à ses désirs, elle « triste », ressassant les souvenirs du seul moment de bonheur qu'elle a connu. Le mari est peut-être impuissant (ce que peut suggérer l'absence d'enfant, comme dans la nouvelle intitulée « L'Héritage ») ou partisan de l'abstinence (Mme de Marelle, autre « brunette », est ainsi délaissée par un mari qui n'a pour elle que « des abstentions » – *Bel-Ami*, I, 5). Quoi qu'il en soit, il se montre bien le successeur de son beau-père : tous deux incarnent ces petits-bourgeois qui semblent refouler leur instinct sexuel et le satisfaire de manière détournée en l'investissant dans l'accumulation de l'argent et dans les plaisirs de la table. La littérature de l'époque en donne beaucoup d'exemples. Pensons, dans l'œuvre de Zola, aux personnages de Camille dans *Thérèse Raquin* ou de Quenu dans *Le Ventre de Paris*.

Si la pâleur d'Henriette, sur le point de « défaillir », dit assez qu'elle éprouve un sentiment authentique, les sentiments et l'attitude d'Henri sont beaucoup plus ambigus. Ses souvenirs sont très nets mais ils ne semblent pas aussi lancinants que ceux d'Henriette puisqu'ils lui reviennent « subitement », ravivés par le retour d'un beau dimanche de la fin du printemps. La tristesse qu'il a éprouvée dans le passage précédent en apprenant le mariage de la jeune fille avec un homme des plus médiocres ne l'a pas incité à la revoir. Le texte ne lui attribue d'ailleurs aucun sentiment, en dehors de la surprise, et on peut même penser que les discours qu'il lui tient ne sont pas très sincères. Ils sont rapportés au discours indirect, et le choix du verbe introducteur (« il lui *racontait* ») constitue ici une marque de modalisation*. Il suffit d'ailleurs de confronter ses paroles et le récit du narrateur pour constater qu'il y a dans son discours une part d'affectation. Il déclare en effet à Henriette qu'il vient « souvent » dans l'île, alors que l'indice temporel (« un dimanche ») et l'emploi du passé simple dans le premier paragraphe montrent que c'est sa première visite. Tout suggère donc que le fameux trio le mari-la femme-l'amant ne se constituera pas et que la jeune femme n'inspire au canotier guère d'autres sentiments que ceux que tout homme éprouve à sa vue : « une inquiétude vague et un soulèvement des sens » (5A).

Dans la mesure où Henri peut constituer une image du narrateur (il est « son porte-regard » dans la séquence E, et c'est grâce aux « hasards » de ses rencontres que le lecteur découvre la situation de l'héroïne), voire de l'auteur (Maupassant canotier et coureur de jupons : voir le portrait de Maupassant par Zola cité p. 49), s'y ajoute un sentiment de compassion que suffit à faire naître la vision de la jeune femme assise près de son mari endormi « comme une brute ». Toujours est-il qu'elle est abandonnée sans remède à la médiocrité d'une vie petite-bourgeoise pour laquelle elle n'était manifestement pas faite. Le narrateur s'est borné à présenter au lecteur un cas curieux où l'incompatibilité des tempéraments fait du mariage une souffrance quotidienne. Henriette mesurant un peu plus « tous les soirs » qu'en acceptant les lois de son milieu social elle a gâché sa vie, elle finira sans doute, comme sa mère qui l'a précédée dans cette voie, par s'autoriser quelque « partie de campagne », et cette fois en toute connaissance de cause…

# Synthèse littéraire

## MAUPASSANT ET LA NOUVELLE

### Les raisons d'un choix

De l'évidente prédilection de Maupassant pour le récit bref, un critique a donné une interprétation psychologique : « auteur d'une œuvre anxiogène » (cette angoisse est évidente dans des contes comme « Le Horla », « Lui ? » ou « Garçon, un bock ! ... »), il donne à un « matériau psychotique [...] une mise en forme rassurante ». La nouvelle, en effet, est « un genre assez fortement structuré pour endiguer toute crise, celle qui menace de l'extérieur, du côté d'une littérature en crise, et celle qui, dans les profondeurs malades, ronge la personnalité de l'écrivain. [...] Empruntée toute faite à l'arsenal des structures littéraires, la nouvelle représente pour Maupassant l'obligation de créer des **récits à contours nets**, une obligation mise à profit, de toute évidence, comme défense, puisque l'écrivain répétera cet exercice de netteté plus de trois cents fois en une dizaine d'années » (Antonia Fonyi, « La nouvelle de Maupassant : le matériau de la psychose et l'armature du genre », dans *Maupassant. Miroir de la nouvelle*, P.U. de Vincennes, 1988, p. 71).

Sur le plan esthétique de la description des formes, nous souhaitons montrer tout le parti que l'écrivain a tiré du choix d'un genre dont la caractéristique essentielle réside dans la **rigueur de son *économie* narrative** (le mot est pris ici au double sens d'*organisation* du récit et de *réduction* des moyens utilisés pour produire des effets). Nous prendrons en compte les analyses des critiques et les idées de Maupassant sur le roman (déjà présentées pages 10 et 11), puisque l'auteur ne semble pas avoir conduit de réflexion théorique sur sa pratique de conteur et de nouvelliste.

## Conte ou nouvelle ?

Maupassant emploie ces mots l'un pour l'autre. En 1882, il consacre ainsi une chronique à « une bien singulière nouvelle de l'écrivain naturaliste J.-K. Huysmans. Elle a pour titre : *À vau-l'eau.* / Ce petit conte [...] me séduit profondément » (*Chro.*, 2, 11). En 1881, il publie *UPC* dans la presse avec le sous-titre « Nouvelle », et dans les *Contes choisis* en 1892.

<table>
<tr><th></th><th>Conte de Maupassant</th><th>Nouvelle de Maupassant</th></tr>
<tr><td>Action</td><td colspan="2">Resserrement sur un épisode individuel marquant, doté d'un fort pouvoir d'émotion. UPC</td></tr>
<tr><td>Composition</td><td colspan="2">Montage minutieux et convergence des éléments du récit jusqu'à un « coup de fouet final » (image, propos, fait brut) qui produit un effet de contraste et un choc sur l'esprit du lecteur. UPC</td></tr>
<tr><td>Narrateur</td><td>Présent dans le récit en la personne d'un conteur qui donne sa marque au récit ; récit souvent oral, de première main : Je raconte, ou de seconde main : récit enchâssé (entre un préambule et une conclusion) d'un personnage acteur, témoin ou confident.</td><td>Impersonnalité du récit. Absence de conclusion. UPC</td></tr>
<tr><td>Conduite du récit</td><td>Récit rétrospectif : tout est déjà arrivé dans un passé révolu dont le narrateur est garant.</td><td>Succession d'images dont le lecteur ne comprend qu'après coup le nécessaire enchaînement. UPC</td></tr>
<tr><td>Temporalité*</td><td>Resserrement du temps sur un moment exceptionnel.</td><td>L'expérience du personnage s'inscrit dans une certaine durée qui permet sa transformation, son passage d'un état à un autre. UPC</td></tr>
<tr><td>Personnages</td><td>Peu nombreux.</td><td>Plus nombreux.</td></tr>
<tr><td>Espace</td><td>Resserrement sur un milieu.</td><td>Divers lieux et milieux.</td></tr>
</table>

La question du genre mérite toutefois d'être posée, moins pour étiqueter une forme que pour analyser sa structure et les effets de lecture qu'elle induit. Nous partirons des analyses d'André Vial, résumées dans le tableau ci-contre. L'abréviation *UPC* indique les caractéristiques qui nous paraissent s'appliquer à notre récit.

Les deux premières lignes du tableau caractérisent *UPC* en tant que récit bref (conte ou nouvelle), par opposition au roman. Celles qui montrent l'effacement du narrateur, suffisent à définir ce récit comme **une nouvelle**, du moins dans l'esthétique de Maupassant. De même, la temporalité*, bien qu'elle soit très resserrée dans les séquences A à D (du matin au soir du 31 mai), connaît dans l'épilogue (séquence E) un soudain élargissement qui suffit à manifester le changement important survenu dans la situation de l'héroïne, envisagée désormais dans les limites d'une vie où plus rien ne changera. Les deux dernières catégories sont ici moins discriminantes : le récit est centré sur une famille, représentative d'un milieu qui est progressivement défini par la confrontation avec les personnages des canotiers, étrangers à ce milieu.

André Vial cite pourtant le mot du « mari jobard » d'*UPC* comme un exemple du « coup de fouet final » par lequel s'achève le conte chez Maupassant. Mais cette organisation du récit pour produire une émotion caractérise aussi la nouvelle, que ce critique définit comme un genre hybride, participant à la fois de l'esthétique du conte et de celle du roman.

Tirant les leçons de ces difficultés, Louis Forestier, dans son édition de La Pléiade, se montre prudent : « La logique consisterait à tout baptiser, très simplement, du nom de récits » (I, xxv) et, dans la notice qu'il consacre à *UPC*, il utilise successivement les mots « nouvelle » et « conte ». Toutefois il propose de ces deux formes des définitions commodes (que nous avons reprises dès la page 13) :

– **Le conte** se présente comme « un récit oral » nécessitant « la participation intense d'un narrateur » (personnage) qui rapporte après coup une aventure qu'il a vécue ou dont il a eu connaissance, affirmant sa toute-puissance de conteur dans l'art de préparer un effet qui éclatera au dénouement.

– **La nouvelle**, sans être nécessairement plus longue, se rapproche sur bien des points de l'esthétique du roman : « anonymat du narrateur, continuité des images, multiplication des personnages et des points de vue, variété des lieux, souplesse dans le traitement de la durée, progression en fonction d'un temps non révolu ». Mais les nouvelles « diffèrent du roman, en dehors d'un resserrement évident, par une organisation convergente de leurs divers éléments vers un effet final à produire. Cette "chute" est soulignée d'une phrase » (*op.*, cit., I, XXXVII).

Nous considérerons donc *UPC* comme une nouvelle du fait de l'impersonnalité de la narration et de la préparation de l'effet final, résumé en une courte phrase. Pour être justifiée, cette réponse à la question du genre exige, on le voit, une analyse détaillée des structures narratives et de l'écriture, analyse qui a déjà été conduite au fil du texte et que nous reprendrons ici de manière plus systématique.

## L'ACTION

### Une histoire « naturaliste »

Le 6 octobre 1875, Maupassant présente ainsi ses projets littéraires à sa mère : « Je ferai, en même temps que mes nouvelles de canotage, une série de nouvelles intitulée *Grandes misères des petites gens* ». Et, à propos de ces dernières, il ajoute : « Ce n'est pas gai ». Cet **intérêt pour les petites gens** situe l'écrivain dans la mouvance naturaliste. En 1880 il a d'ailleurs accédé brusquement à la célébrité en publiant « Boule de suif » dans *Les Soirées de Médan*, recueil de nouvelles patronné par Zola, et en avril 1881 « Une partie de campagne » paraît dans *La Vie moderne*, revue publiée par Charpentier, éditeur des naturalistes. Elle est reprise aussitôt dans le premier recueil composé par Maupassant, *La Maison Tellier*, qui connut également un grand succès.

Dans l'édition de 1881, ce recueil comporte, outre la nouvelle qui a fait sa célébrité, des histoires de canotage (« Sur l'eau », publié dès 1876 sous le titre « En canot », et « La Femme de Paul ») et des récits de la vie des petites gens (« Histoire d'une fille de ferme », « Au printemps », « En famille », « Le Papa de Simon »). « Une partie de campagne » réunit ces deux sujets dans la mesure où l'aventure d'Henriette et du canotier met en évidence la médiocrité de la vie à laquelle la jeune femme est condamnée. Tous les personnages appartiennent à cette humanité moyenne que le réalisme et le naturalisme ont fait entrer dans l'univers romanesque.

La nouvelle se caractérise ainsi par la **banalité de la fiction***, particulièrement sensible dans l'épilogue. L'épisode central peut d'abord paraître exceptionnel si l'on pense à la facilité avec laquelle les deux petites-bourgeoises se laissent séduire et à l'attitude de l'héroïne qui trompe son futur mari avant même le mariage. Toutefois, l'ensemble du récit concourt à justifier cet épisode amoureux en en faisant l'aboutissement d'une série de facteurs convergents, tous parfaitement vraisemblables, et il ne lui donne, en outre, aucun prolongement spectaculaire, comme s'il était une parenthèse dans la vie des deux femmes. Cette parenthèse, d'ailleurs, est marquée par l'isolement du lieu où se déroulent les deux scènes d'amour : l'exception vaut ainsi comme la confirmation d'une règle de vie imposée aux personnages. Le seul point qui paraisse invraisemblable est la simultanéité des aventures amoureuses et la rencontre finale (17E). Manifestement, Maupassant a ici privilégié des critères esthétiques : l'aventure de la mère fournit un contrepoint plaisant et signifiant à celle de la fille, et instaure toute une série de parallélismes et d'oppositions dans la composition et dans la distribution des personnages.

Les **forces agissantes** (les actants*) qui assurent la progression de l'action relèvent toutes de réalités très ordinaires. Des données sociologiques et psychologiques expliquent l'attitude des boutiquiers, l'insatisfaction de leurs femmes (les rêves d'amour d'Henriette), puis le retour à la vie médiocre. Des données physiologiques et naturelles expliquent la naissance du désir chez les personnages : jeunesse et beauté de la jeune fille, effet de la saison et de l'heure (voir 10C : « Un *besoin* vague de jouissance, une *fermentation* du sang parcouraient sa chair excitée par les ardeurs de ce jour »), effet du cadre naturel aussi (« la douceur d'être sur l'eau » conduit l'héroïne à « un abandonnement d'elle-même »). La vraisemblance de l'histoire, la logique des actions ne sont jamais mises en doute, même au dénouement : la *force équilibrante* (le mariage de Mlle Dufour et de l'apprenti), si elle produit un effet tardif et d'abord surprenant, est vite admise dans la mesure où le lecteur, amené à reconstruire l'histoire au moment de l'épilogue, sait qu'elle était virtuellement présente dès le début du récit (voir p. 24).

## LA COMPOSITION : « UN MONTAGE MINUTIEUX »

### « Le coup de fouet final »

André Vial a montré que chez Maupassant l'objet du récit bref (conte ou nouvelle) est de communiquer un **instant d'émotion forte**, généralement situé à la fin et fondé sur un effet de contraste ou simplement de surprise. Ce contraste final a une « vertu *organisante* dans la composition même du récit », qui est tout entier orienté, structuré et écrit pour le rendre possible. « Le conte est un montage minutieux d'orfèvrerie ou d'horlogerie : tous les traits se subordonnent à ce trait privilégié où le conteur a su déceler l'aiguillon le plus vif de son émotion » (*Guy de Maupassant et l'art du roman*, p. 443).

Dans *UPC*, ce « trait privilégié » est double : nous avons étudié les répliques d'Henriette et de son mari dans le commentaire de 17E. Ajoutons que la réplique finale tire son effet du **double contraste** qu'elle établit avec ce qui est d'abord apparu comme l'épisode central du récit. « Dans "Une partie de campagne" [...], le propos final du mari jobard recouvre un premier contraste, banal chez Maupassant, entre la vérité et l'ignorance imbécile du personnage. Mais le goût de monotonie casanière qui s'y marque fait surgir un autre contraste, brutal, et qui intéresse l'ensemble du récit, avec l'élan briseur de règles, inventeur inlassable d'imprévisibles aventures, qui animait toute la "partie de campagne" » (André Vial, p. 448). La puissance de la vie et du désir est tenue en bride par la sagesse et la routine petites-bourgeoises, une parole simple, apparemment anodine, se charge de pathétique dans la mesure où elle suffit à suggérer un drame muet – la misère affective d'une jeune femme mariée à un médiocre et qui n'a devant elle que la perspective d'une vie ratée, d'une souffrance muette.

Le finale, qui organise toute la composition de la nouvelle et lui donne son unité, doit être mis en relation avec le reste du récit.

### Échos et contrastes

Ce moment fort, Antonia Fonyi le considère comme le « centre » d'une structure spécifique à la nouvelle de Maupassant. « C'est une **répétition à deux termes**, analogiques plus souvent qu'identiques. Elle fonctionne comme une paire de rimes : le premier terme, en position faible, peut passer inaperçu parce que sa fonction est d'appeler le second dont l'effet frappant est tributaire de l'écho qu'il fait au premier. C'est ce second terme, en position forte, qui constitue le centre » (*art. cit.*, p. 76).

Appliquons cette analyse à *UPC* : les deux « termes » sont ici la scène d'amour et la scène finale. À première lecture, le premier terme passe pour le temps fort du récit : bien qu'elle soit prévisible et soigneusement préparée, la scène d'amour apparaît d'abord comme un aboutissement, le terme ultime d'un *crescendo* du désir et du plaisir que vient ponctuer la note dissonante d'un sanglot prolongé. La composition ménage pourtant un **effet de surprise** quand le lecteur découvre le deuxième – et véritable – temps fort, imprévisible celui-là, et retardé jusqu'au dernier moment. Les deux scènes entretiennent des rapports de similitude (même lieu, même moment de l'année et de la journée, présence d'un jeune couple) et d'opposition (bonheur d'Henriette dans les bras d'Henri, tristesse d'Henriette à côté de son mari endormi) qui jouent un rôle essentiel dans l'élaboration d'un sens par le lecteur. (Ajoutons qu'un deuxième contraste donne forme et sens au récit : celui qui naît des aventures parallèles et pourtant si différentes de la mère et de la fille.)

Dans chacune de ces deux scènes, le contraste s'établit également entre les derniers mots, porteurs d'une intense émotion, et le récit qui précède. Au « chant d'amour » et aux « cris de triomphe » s'opposent le « gémissement » et le « sanglot » (13C) qui mêlent mystérieusement la souffrance au plaisir, appelant ainsi la scène suivante, où le « dégoût » domine, et le finale, entièrement voué à la tristesse et à la nostalgie. La souffrance de l'héroïne, dans sa dernière réplique, s'approfondit en effet par un **double jeu de contrastes** : son regret lancinant, son insatisfaction constante paraissent d'autant plus forts qu'ils s'opposent à la fois au discours, somme toute léger, de l'amant d'un jour que lui ont donné la nature et le hasard, et à la réplique, odieuse dans son inconscience, du mari que ses parents lui ont imposé pour toujours.

**L'art de la préparation**

Tous ces contrastes sont rendus possibles par une préparation minutieuse. La famille Dufour est d'abord présentée dans une longue séquence initiale qui occupe 36 % de la nouvelle. Si on lui adjoint la scène du repas (séquence B), après laquelle l'action s'engage vraiment, on arrive au chiffre de 59 %. Des scènes apparemment anodines (la descente de voiture, les balançoires) précisent peu à peu les contours des personnages, donnent à voir ce qui dans leur situation et leur nature profonde va rendre possible une **avancée soudaine de l'action**. Après le récit du repas (deux pages et demie), au cours duquel les Dufour sont gagnés par l'ivresse, quelques lignes suffisent pour montrer l'enlèvement des deux femmes par les canotiers (M. Dufour « permit tout ce qu'on voulut »). De même, Mlle Dufour est longuement plongée (deux pages et demie, là aussi) dans un véritable bain de sensualité avant d'être « brusquement » attaquée par le canotier et emportée par son désir.

Maupassant voyait dans ces préparations le moyen d'instaurer « une suite sévère dans l'enchaînement des pensées et des événements » et donc de donner l'illusion de la réalité. « C'est l'atmosphère d'un livre qui rend vivants, vraisemblables et acceptables les personnages et les événements. Tout arrive dans la vie et tout peut arriver dans le roman, mais il faut que l'écrivain ait la précaution et le talent de rendre tout *naturel* par le soin avec lequel il crée le milieu et prépare les événements au moyen des circonstances environnantes » (« Messieurs de la chronique », *Chro.*, 3, 41). Ce que dit Alberto Savinio des contes est aussi vrai des nouvelles : « Les contes de Maupassant roulent comme des trains. À dire la vérité, exactement comme ceux-ci, ils ont de la peine à se mettre en marche, et dans l'entrée en matière qui commence chaque conte, on entend haleter la vapeur et l'on sent l'effort des bielles. Mais finalement ils démarrent et alors, avec leur rythme pressé mais dur, ils n'ont d'autre hâte que d'arriver à la fin de leur trajet[1]. »

Cette accélération finale du récit est rendue possible par une remarquable **économie de moyens** à laquelle concourent les structures spatio-temporelles et les choix narratifs.

---

1. *Maupassant et l'« Autre »*, Gallimard, 1977, p. 38.

## Le temps : un déroulement *naturel*

Les données de **la temporalité externe*** sont inexistantes. Le texte ne faisant aucune référence à des dates ou à des événements historiques, l'histoire est censée être contemporaine de l'époque de la publication (1881[1]). En revanche, il évoque des réalités socio-historiques (mœurs des boutiquiers, goût des Parisiens pour les bords de Seine) qui, pour le lecteur d'aujourd'hui, inscrivent la nouvelle dans un temps où le cloisonnement et les usages sociaux étaient plus contraignants.

**La temporalité interne*** est structurée autour de deux unités *naturelles* qui permettent de créer des effets de symétrie dont joue la composition. La journée de plein air est bornée par les deux trajets des Dufour de Paris à Bezons et de Bezons à Paris. L'épisode central (les deux scènes d'amour) est lui aussi délimité par un départ et un retour. Dans les deux cas, le départ est longuement décrit, le retour escamoté, comme s'il allait de soi : les tentatives des personnages d'échapper à leur mode de vie habituel se présentent ainsi comme des parenthèses. L'autre unité temporelle, l'année, fait de la scène finale un écho de l'épisode central afin de mieux marquer le changement de situation de l'héroïne : c'est toujours le printemps, la saison que les écrivains attribuent à l'amour, mais l'homme qui dort près d'Henriette semble totalement fermé à la voix de la nature (on n'entend d'ailleurs aucun rossignol).

Nous avons observé, dans le commentaire suivi, de soudaines **variations de rythme**. Généralement, le récit se présente comme une **succession de scènes*** que le narrateur donne à voir : l'arrivée à l'auberge, les balançoires, la commande du repas, la grand-mère et le chat, la famille devant les yoles, la rencontre des canotiers, le repas, l'embarquement, la promenade, la scène d'amour, le retour. Le récit cherche à rendre sensible le déroulement de cette chaude journée de printemps, d'autant plus qu'ici « l'atmosphère » du récit doit beaucoup au climat. Il est significatif que le tempo

1. Au début du film de Jean Renoir, un « sous-titre » prévient le spectateur que l'histoire se passe en 1860. C'est une erreur du producteur.

narratif ralentisse dans la séquence C où la jeune fille est exposée longuement aux « ardeurs de ce jour », soumise à l'action d'un milieu qui n'est pas le sien. Le temps est saisi de manière subjective pour donner accès à l'intériorité des personnages : il semble arrêté pendant la scène d'amour (13C) puis s'accélère quand l'ivresse des amants s'est dissipée (une courte phrase de **sommaire*** ramène les deux couples à l'auberge).

**L'ordre du récit**, strictement chronologique, accentue l'allure *naturelle* de l'histoire. Le recours à l'analepse* est limité aux premières phrases qui évoquent les préparatifs des Dufour et le trajet jusqu'à Bezons : c'est dire que cette partie de campagne ne commence vraiment qu'à l'auberge. Des deux scènes d'amour qui se déroulent simultanément, seule celle d'Henri et Henriette est rapportée ; le narrateur, qui ne s'attribue ni omniscience ni ubiquité, ne revient pas en arrière pour raconter ce qui s'est passé entre la mère et son canotier.

La spécificité de l'épilogue est marquée par la présence des **deux ellipses*** qui isolent la scène dans la boutique et l'ultime rencontre dans l'île, faisant ainsi l'économie du récit du mariage et de la première année de vie commune d'Henriette et de l'apprenti. Ce procédé est à lié au choix des points de vue narratifs : le narrateur ne donne sur la vie de la jeune femme que les aperçus qu'Henri peut en avoir, il ne pénètre pas vraiment dans le milieu des boutiquiers.

### L'espace et ses fonctions

L'espace est en effet cloisonné, constitué de lieux et de milieux différents qui déterminent les personnages et leurs actions. Ces lieux nous intéressent pour les fonctions référentielle, symbolique et narrative que leur attribue le récit.

La **fonction référentielle** des noms de lieux est évidente dans la séquence A qui égrène toute une série de noms de villes de l'Ouest parisien. C'est un des procédés par lesquels le récit réaliste donne une **illusion de réalité** à ses créatures de fiction. Mais ces noms renvoient aussi à ce qu'on pourrait appeler la **géographie sentimentale de l'écrivain**. Maupassant aimait les bords de Seine, et il prend plaisir à les évoquer de manière précise dans ce récit comme dans beaucoup d'autres : l'auberge Poulin au pont de Bezons, l'île aux Anglais (nommé aussi l'île Saint-Martin, et aujourd'hui réunie à l'île de Chatou), le barrage de la Morne « qui coupait le fleuve en deux à la pointe de l'île » sont des lieux qu'il a réellement fréquentés avec ses amis canotiers. La relation entre la personne de l'auteur et la fiction se renforce donc d'allusions implicites qu'éclairent les données biographiques. Le « petit bois » où se passent les scènes d'amour est celui où Maupassant dit avoir « entendu trois rossignols qui se répondaient et qui chantaient *merveilleusement* » et qu'il aurait voulu pouvoir acheter (lettre à sa mère du 8 mai 1875[1]). Quant à la rue des Martyrs, qui mène à Montmartre, elle croise la rue Clauzel où il a résidé précisément de 1878 à 1881.

Les noms de lieux peuvent aussi avoir une **fonction symbolique**. Il n'est peut-être pas indifférent qu'Henriette habite rue des *Martyrs* si l'on pense à l'avenir sombre que lui réserve le finale, ni que l'île Saint-Martin, dont nous venons de parler, soit appelée l'île aux *Anglais* : c'est en ce lieu qu'est bafoué (doublement : en tant que père et que mari) l'honneur de M. Dufour qui se vantait d'avoir « rossé en course plus d'un Anglais » dans sa jeunesse[2] (6A).

Enfin, les lieux ont une **fonction narrative** en ce sens que l'espace est conçu pour permettre le déroulement de l'action. Une frontière, matérialisée par la Seine (deux fois franchie) et la plaine horrible qu'il faut traverser pour arriver à Bezons, sépare l'espace social où les petits-bourgeois parisiens mènent une vie réglée et « la campagne » (3A), où ils se trouvent comme pris au piège. Le narrateur, comme les canotiers, semble guetter la progression inéluctable de leur ivresse, qu'il constate d'une phrase courte : « Le café les acheva » (8B). La jeune fille est ensuite conduite dans un espace encore plus particulier, « dépeuplé » par la chaleur, désocialisé, qui la laisse seule face à son désir. Elle aboutit enfin au « cabinet particulier » qui, plus qu'un simple abri pour des amants, constitue un lieu clos, doublement coupé du monde par la rivière et la végétation, un piège où la puissance sensuelle de la nature devient irrésistible. L'élan du désir retombé, la

---

1. Ces précisions géographiques et biographiques sont fournies par Louis Forestier dans son édition de La Pléiade (I, 1359 et 1360).
2. Je dois cette observation – et quelques autres – à Romain Lancrey-Javal, qui a bien voulu procéder à une relecture attentive de cette étude alors qu'il préparait lui-même son ouvrage sur *L'Épreuve de lettres* (coll. « Faire le point », Hachette). Qu'il en soit ici remercié.

fin du récit est marquée par un retour très rapide au milieu ordinaire des personnages.

Cet espace (ou plutôt cet espace-temps, puisque le lieu tire une partie de son charme de la saison et de l'heure) constitue proprement un **actant***. La campagne fait rêver les « bourgeois privés d'herbe » (8B), et spécialement la jeune fille qui demande à dîner sur l'herbe (6A). Plus explicite qu'*UPC*, qui ne montre pas Henriette dans son milieu, une autre nouvelle évoque « les rêves poétiques et simples de toutes les pauvres filles enfermées d'un bout à l'autre de l'année derrière les vitres d'une boutique et qui regardent passer la vie factice et bruyante de la rue, en songeant à la vie calme et douce des champs, à la vie sous les arbres, sous le soleil radieux qui tombe sur les prairies, sur les bois profonds, sur les claires rivières. » (« Monsieur Parent », II, 609). Ici la nature printanière et aquatique joue le rôle d'adjuvant, peut-être même de destinateur dans la mesure où c'est elle qui semble exiger l'« abandonnement » (10C) de la jeune fille à la loi de l'amour universel. Elle agit d'abord sur sa sensualité (par la chaleur, la présence de l'eau), puis sur ses rêves (par le rossignol) et enfin lui inspire « des désirs infinis de bonheur » (12C). C'est bien pourquoi le paysage n'est pas décrit pour lui-même : la jeune fille participe de la même vie que « l'eau, où tremblote l'éternel frisson des roseaux » (6A).

## LES CHOIX NARRATIFS

Dans ses réflexions sur le « roman objectif », présentées dans différents articles (voir Bibliographie), Maupassant a présenté différents principes définissant la place et la fonction du narrateur. Ils sont aussi à l'œuvre dans une nouvelle comme *UPC*, plus proche du roman que du conte. Mais la forme du récit bref instaure entre le narrateur et son lecteur virtuel d'autres rapports que le roman, du fait notamment de la recherche systématique de l'effet final.

### Le refus de l'analyse psychologique

Selon la conception pessimiste que Maupassant se fait de l'être humain, « notre *moi* que la nature a entouré d'une barrière d'organes infranchissables » reste un secret pour autrui (voir à ce sujet « Solitude », I, 1257). Les romanciers qui entendent être fidèles à la vérité de la condition humaine s'interdisent donc « toute dissertation sur les motifs, et se bornent à faire passer sous nos yeux les personnages et les événements. / Pour eux, la psychologie doit être cachée dans le livre comme elle est cachée en réalité sous les faits dans l'existence » (« Le Roman »).

Le narrateur d'*UPC* appartient à cette catégorie des « **metteurs en scènes** » (« Les Subtils », *Chro.*, 2, 394) : il nous montre Mlle Dufour sur la balançoire ou l'apprenti qui s'endort près de M. Dufour sans indiquer leurs sentiments. La description de leurs attitudes n'est pas toujours plus explicite et le lecteur peut se demander ce qu'exprime exactement le rire des deux hommes devant la jeune fille dont la beauté est censée « laisse[r] jusqu'à la nuit une inquiétude vague et un soulèvement des sens » (5A). Ainsi, en ne rapportant que les actions et les paroles (assez rares, d'ailleurs) des personnages, le narrateur laisse au lecteur le soin d'imaginer leurs motivations.

## Les points de vue narratifs

Ce credo philosophique conduit au refus de l'omniscience habituelle du narrateur réaliste et au recours fréquent à la restriction de champ que l'on appelle **focalisation externe***. Selon cette technique très *cinématographique*, les personnages sont présentés de l'extérieur, comme pourrait le faire un témoin objectif. On a vu que le narrateur multiplie les marques de modalisation* quand il attribue une qualité quelconque à un personnage à partir d'une observation, même quand l'interprétation paraît évidente : « C'était les propriétaires des yoles, *sans doute*, car ils portaient le costume des canotiers » (7B). Les relais de **focalisation interne***, qui donnent accès à l'intériorité des personnages, sont généralement limités au discours rapporté, ce qui laisse au lecteur le soin de l'interpréter. La question de Mme Dufour : « Vous n'avez jamais froid comme ça ? » (8B) peut ainsi être comprise comme le signe de son intérêt pour les bras nus des canotiers.

Le parti pris d'objectivité n'est pourtant pas absolu. Le narrateur suggère parfois d'un mot les sentiments des personnages (l'« émotion » d'Henri, par exemple, dans 10C et 16E) ou bien il recourt à un code de qualifications dont tout lecteur est familier : la rougeur d'Henriette signale son plaisir (10C), sa pâleur est l'indice d'un trouble encore plus fort (17E). Mais le narrateur ne cherche pas à percer la **part de mystère** qui est celle des personnages comme de tout être humain et s'il nomme un sentiment, il ne l'explique pas (« Il s'en allait fort triste, sans trop savoir pourquoi », 16E). La vision omnisciente, mêlée d'ailleurs de focalisation interne, n'est utilisée que pour la jeune fille, quand le narrateur évoque ce que le chant du rossignol éveille « dans son cœur » (11C) puis la montée du « désir formidable » auquel elle finit par succomber (12C). Ce traitement particulier contribue à lui donner le statut d'héroïne.

### La caractérisation des personnages

Quelques traits suffisent à esquisser les personnages, souvent réduits à une caricature comme l'apprenti à « la chevelure jaune » ou même la mère dont la jambe n'est plus qu'une coulée de graisse. M. Dufour n'est pas même une silhouette mais « les yeux mornes du bonhomme » (9B) le posent en l'opposant à sa fille (« son œil s'allumait vaguement », 8B) et à sa femme (qui sort du buisson « l'œil très brillant », 14D).

Les **portraits** ne concernent que la mère (4A), la fille (5A) et les canotiers (7B). Ils donnent des personnages une vision très limitée (au physique et aux vêtements) qui pourrait être celle d'un témoin attentif. Le regard du narrateur n'est pourtant pas entièrement neutre : il met en évidence des traits qui prêtent à la caricature (« poitrine surabondante » serrée dans la « machine » du corset ou pose des deux « gaillards » qui exhibent leurs bras musclés) ; il préfigure aussi les relations qui vont s'établir entre les personnages : la première vision de Mme Dufour fait sourire et son canotier aura du mal à jouer sans rire la comédie de la galanterie, celle de Mlle Dufour suscite « un désir subit » qui sera bien sûr celui d'Henri, enfin la « grâce élastique des membres » des canotiers ne pourra manquer de séduire les deux petites-bourgeoises. Motivé par un événement particulier (descente de voiture, jeu, rencontre), le portrait est **au service du récit**, au sein duquel il tend à se fondre même quand, exceptionnellement, il prend la forme d'un tableau particulièrement travaillé et facilement détachable (la jeune fille sur la balançoire, dans 5A).

Bien que le narrateur analyse parfois leur attitude (désirs de la jeune fille près du rossignol, goût du boutiquier pour la pêche), c'est essentiellement en rapportant leurs actions et leurs paroles (rares) qu'il fait connaître les personnages. Ce mode de **caractérisation indirecte** ménage au lecteur une grande part de liberté.

### La part du lecteur

Maupassant se range dans la catégorie des « grands artistes dont la mystérieuse puissance est tout intentionnelle, et sobre de commentaires. [...] quand ils décrivent, on dirait que les faits, les objets, les paysages se dressent, parlent, et se racontent eux-mêmes » (« Romans », *Chro.*, 2, 43). Dans *UPC*, cet effacement du narrateur n'est pas constant, l'action d'un personnage est parfois expliquée en référence à un type : Mlle Dufour a l'« idéal bleu » des « fillettes attendries » (11C), M. Dufour l'« idéal des boutiquiers » (9B). Mais si l'on néglige ces quelques interventions satiriques, l'ambition du narrateur est bien de présenter au lecteur des images réalistes de la vie en lui laissant le soin d'interpréter les actions des personnages et de conclure (le finale ne comporte bien sûr **aucune leçon**).

Davantage, même : si tout récit comporte des blancs que le lecteur comble spontanément à partir de quelques indices (par exemple en ce qui concerne l'aventure de la mère et du canotier), le lecteur d'*UPC* est placé délibérément devant un **récit lacunaire**, presque déceptif, qui le contraint à imaginer une partie de l'histoire ou du moins à se poser des questions (sur les relations d'Henriette et de l'apprenti, sur l'attitude d'Henri et même de la mère). Les lacunes prennent ici la forme d'ellipses (avant 16E et avant 17E), mais aussi – et c'est plus surprenant – d'une occultation du passé des personnages et de leurs relations. Le narrateur fait ainsi le silence total sur l'imminence du mariage d'Henriette et de l'apprenti afin de mieux surprendre le lecteur dans l'épilogue. Au prix de ce qui peut apparaître comme une mystification (dont Maupassant a donné d'autres exemples), le récit est écrit et composé pour produire une émotion forte, un dénouement en coup de poing qui oblige le lecteur à revenir sur l'histoire qu'il vient de lire (en pratiquant, au moins mentalement, une **lecture rétrospective**) et, faute de trouver des réponses certaines, à s'intéresser durablement à des personnages ordinaires mais qui demeurent jusqu'au bout mystérieux.

## LE SYSTÈME DES PERSONNAGES

### Une famille type

Une autre conséquence des choix narratifs est que le lecteur se demande longtemps qui est le personnage central de l'histoire. Le premier plan du récit est occupé successivement par les deux femmes (5A), Henriette (séquence C), Mme Dufour (14D), Henri (16E) et enfin Henriette (17E), que la dernière *image* montre au seuil d'une vie d'ennui, auprès d'un être nul et incapable de faire son bonheur. De même, les personnages d'Henri et de l'apprenti se trouvent réévalués dans l'épilogue alors que M. Dufour a disparu.

Cette relative absence de hiérarchie entre les personnages (déjà perceptible dans le titre de la nouvelle) s'explique aussi par des choix esthétiques : elle contribue à donner l'illusion de la vie, où l'on croise rarement des héros. La famille Dufour constitue ici un **personnage collectif et typique**, saisi dans sa singularité sociologique. Ce sont ses mœurs qui intéressent le nouvelliste et l'histoire de ses relations avec les canotiers, étrangers à leur milieu, permet de les mettre en évidence.

### L'étiquette des personnages

L'étiquette est l'ensemble des marques (textuelles) qui constituent le personnage. Dans *UPC*, ces marques concernent un nombre réduit de catégories (le nom, le sexe, l'âge, le physique, le vêtement, la profession, le territoire) et sont souvent chargées d'une valeur affective positive (+) ou négative (–). Elles se distribuent selon une combinatoire qui établit entre les personnages des relations de similitude et d'opposition.

La famille Dufour s'oppose aux canotiers par son nom, qui vaut comme une raison sociale *(« Dufour, quincaillier »)*. Dérivé d'un instrument de travail, il a une consonance populaire (–) par rapport à laquelle l'absence de nom des canotiers se trouve valorisée (+) : ils appartiennent peut-être à une classe sociale supérieure (c'est ce que pense Mme Dufour dans le film de Renoir). Le lieu où ils vivent (leur territoire) les oppose aussi : les « bourgeois privés d'herbe » sont prisonniers de Paris (–), les canotiers ont le privilège de « coucher tous les soirs » à la campagne (+). Les Dufour, à Bezons, sont en pays étranger ; inversement, Henri est étranger aux mœurs des boutiquiers. Cette opposition est aussi marquée par des différences de costume et de physique : en bons bourgeois, les Dufour cachent sous la redingote ou le corset des corps « flasques » ou « énormes » (–) alors que la tenue relâchée des canotiers leur permet d'exhiber des corps admirables (+). De ce point de vue, Mlle Dufour se singularise dans sa famille.

D'autres marques font apparaître des clivages au sein de la famille Dufour. Le critère de l'âge la divise en trois générations, les plus âgées représentant l'avenir des plus jeunes : Henriette deviendra comme sa mère, puis comme sa grand-mère, l'apprenti a déjà beaucoup de traits de M. Dufour. Il rapproche la jeune fille des canotiers (des « jeunes gens »). Le critère du sexe établit une opposition fondamentale, et qui s'accentue au fil du récit, entre « les hommes », simples avatars du petit-bourgeois rassis, et les « dames », caractérisées par leur sensibilité à l'amour. Les prénoms marquent de manière symbolique l'existence du couple Henriette/Henri ou celle d'une faille dans le personnage de la boutiquière : *Pétronille* contient un élément de fantaisie qui contraste avec l'exigence de respectabilité qu'affiche *Mme Dufour*.

### Une esthétique du double

Toutes ces marques textuelles organisent les personnages en un **système structuré**, placé sous le signe du double. M. et Mme Dufour, Henriette et son (futur) mari, constituent deux couples légitimes et similaires, auxquels s'opposent les deux couples illégitimes formés autour des canotiers (ces deux couples étant eux-mêmes antithétiques : l'un est grotesque et futile, l'autre émouvant et grave). En outre, les deux femmes, du fait de leur présence dans deux couples opposés, s'avèrent elles-mêmes doubles : chacune, dans ses relations avec son mari et son amant, révèle une partie d'elle-même.

D'autres couples existent dans la famille Dufour. L'apprenti imite en tous points son patron, dont il est une sorte de double dégradé ; inversement, les amours de la mère constituent un contrepoint grotesque de celles de la fille. Le parallélisme produit ici un effet ambigu, comique (grivois) mais aussi profond par le contraste même qu'il établit entre les deux personnages : « Mère et fille s'abandonnent en même temps aux mêmes plaisirs clandestins prodigués par des hommes avertis et conscients de la simultanéité des abandons. Le chant du rossignol scande de ses trilles leurs ébats. Il s'en faut de peu que la partie de campagne ne tourne au quadrille libertin. Maupassant n'échappe au scabreux que par l'intensité lyrique de l'aventure d'Henriette et d'Henri, placée au premier plan[1] ».

## LES MŒURS BOURGEOISES

Le thème de la **conjugalité**, présent dans une centaine de récits de Maupassant (selon André Vial) et, bien sûr, dans les romans *(Une vie, Mont-Oriol)*, est traité ici de manière très allusive puisque le refus des *subtilités* psychologiques conduit le narrateur à ne donner à ses personnages que des qualifications *objectives* (âge, physique, situation sociale). Ainsi, chez les Dufour, les mœurs conjugales obéissent surtout à une **détermination sociologique**.

Dans cet univers réduit aux dimensions d'une boutique, le **refoulement** des élans du cœur et du corps est de règle, les seuls désirs reconnus et satisfaits concernant l'appétit (l'apprenti mange « comme un ogre », « la grosse dame s'arrondi[t] au comptoir ») et la respectabilité (la « robe de soie cerise » témoigne de sa réussite sociale et de sa prétention à l'élégance). Habituellement privés de campagne, *dénaturés* par la routine et l'intérêt, les petits-bourgeois parisiens semblent avoir perdu toute virilité, ils appellent leurs femmes « madame Dufour » (3A) ou « ma bonne » (8B et 17E) et même la campagne ne parvient pas à les tirer de cette torpeur : d'abord *émoustillé*, M. Dufour cherche finalement son plaisir dans le bordeaux et la pêche et, dans la chambre de verdure propice aux amours champêtres, le mari d'Henriette dort « comme une brute ».

Les femmes sont beaucoup plus sensibles aux forces de vie qui animent la nature et pénètrent leur corps[2]. Leur mariage (plus ou moins imposé) ne leur permet de satisfaire ni leur sentimentalité (les « désirs infinis de bonheur » de la jeune fille), ni leur sensualité. Cette double **frustration** peut les

---

1. Éliane Lecarme-Tabone, « La relation mère-fille dans l'œuvre de Maupassant », *Maupassant et l'écriture*, Nathan, 1993, pp. 95-96.
2. Une scène du film de Renoir montre Mme Dufour tentant vainement d'arracher son mari à sa sieste pour l'emmener faire un tour dans les bois. Devant son inertie, elle frôle la crise de nerfs.

conduire à un écart de conduite, involontaire dans le cas de la fille, abusée par ses sens et par les circonstances, conscient et peut-être même recherché dans le cas de la mère que l'épilogue nous montre prête à renouveler l'expérience.

Comme bien d'autres récits, *UPC* manifeste, implicitement, la **sympathie du narrateur pour ceux qui souffrent** (même si le personnage de la mère, du fait de son obésité, suscite des remarques narquoises). Les maris sont présentés de manière critique, comme les tenants d'un ordre moral et social contraire à la nature humaine. Loin d'être une faute suscitant le remords, l'aventure amoureuse suscite le regret chez la mère et chez la fille. Le récit laisse le spectateur sur l'image poignante d'une victime qui suggère en quelques mots apparemment anodins le drame d'une vie gâchée. Les déclarations empruntées de l'amant font pâle figure à côté : n'a-t-il pas aggravé son malheur en lui révélant une forme de bonheur qu'elle ignorait et que sa situation ne lui permettra plus de connaître ?

## LA « PERSONNALITÉ VOILÉE »

Si, contrairement à d'autres récits (« Le Horla », « Solitude », « Garçon, un bock ! ... », etc.), « Une partie de campagne » ne semble pas faire de place aux angoisses personnelles de l'écrivain, elle donne du monde et des rapports humains une vision particulièrement sombre, expression d'une personnalité inquiète et désabusée qui se manifeste dans l'invention même de la fiction. Selon Antonia Fonyi, « l'histoire, toujours la même, que Maupassant raconte, est **la fable du piège** : on vit dans une clôture, matérielle ou morale, à laquelle on s'est habitué ; on voudrait en sortir, le temps d'une promenade, d'un plaisir qui casse la monotonie d'une vie exiguë ; ce n'est pas interdit, parfois, c'est même explicitement autorisé ; on sort donc dans l'espace ouvert ; c'est le piège : la clôture se referme tout à coup, elle sera catastrophique, mortelle ou l'équivalent d'une agonie morale, une dette qui étrangle, un mariage qui étouffe » (*art. cit.*, pp. 74-75).

Le pessimisme de Maupassant apparaît aussi dans sa volonté de ***dépoétiser*** **l'amour** : « Dépoétisons sans repos », écrit-il en 1881, et d'abord l'amour présenté à tort comme « l'idéal du désintéressement » alors que c'est « de l'égoïsme à l'état furieux» («Pensées libres», *Chro.*, 1, 362). Le narrateur d'*UPC* montre ainsi que les « poétiques tendresses » de la jeune fille émue par le rossignol, que ses « révélations de poésies surhumaines » ont des causes toutes naturelles : elle connaît d'abord un « *besoin* vague de jouissance » (10C), effet de la chaleur, de la rivière et du regard d'un homme sur son jeune corps ; son désir s'accroît quand le chant du rossignol éveille en elle l'écho des « romances langoureuses » et il devient irrésistible quand elle est « pénétrée de *sensations* très douces » (12C). Le printemps est lui aussi une sorte de piège, il oblige les êtres à se soumettre à la loi de la vie et les laisse ensuite amers, une fois dissipée leur ivresse sensuelle.

On voit que le parti pris d'impersonnalité n'interdit pas l'expression de la « personnalité voilée » de l'écrivain (*Chro.*, 3, 384). Celle-ci apparaît aussi dans **l'inspiration autobiographique**. Si rien n'autorise à lire cette histoire comme les « Souvenirs d'un canotier » qui serait Maupassant, il est clair que l'écrivain a mis beaucoup de lui-même dans *UPC*. On songe ici au portrait discrètement moqueur des canotiers (7B) mais surtout à celui de la jeune fille (5A) et à l'évocation de la rivière (6A), double expression d'une sensualité profonde, presque cosmique, dont de belles pages de *Sur l'eau* donnent aussi l'exemple (voir p. 12).

## L'ÉCRITURE DE MAUPASSANT

On parle parfois de l'écriture *cinématographique* de Maupassant[1]. On peut accepter l'expression pour désigner un mode de narration objectif qui se contente de montrer des ***images*** des personnages. Regardons les canotiers : « Ils échangèrent rapidement un sourire en voyant la mère, puis un regard en apercevant la fille. » Deux expressions du visage, qui font ici l'économie d'un dialogue[2], suffisent à faire comprendre leurs pensées. À d'autres moments, ce sont au contraire les res-

---

1. Voir sur ce point Barthelémy Amengual, « Une partie de campagne : un film de Guy de Maupassant et Jean Renoir », in Guy Hennebelle éd., « Maupassant à l'écran », *CinémAction TV* n° 5, avril 1993.
2. Renoir, au contraire, fait longuement bavarder les deux amis dans cette scène.

sources du discours direct qui sont exploitées : dans l'avant-dernière scène (16E), le narrateur limite ses interventions pour mieux suggérer l'émotion et le non-dit des personnages. L'évocation du paysage aquatique dans 6A appelle aussi l'image (le film de Renoir présente une séquence où l'on voit lentement défiler les rives du fleuve au rythme du bateau) et c'est une image encore, celle du « ciel bleu [...] obscurci », qui rend plus concret le malaise du couple après l'amour (le cinéaste l'a transposée dans une belle séquence qui montre la pluie d'orage sur la rivière pendant le retour des amants).

L'écriture recourt à d'autres registres. Elle se fait **satirique** (jusqu'au mauvais goût ?) pour évoquer les « formes » de Mme Dufour qui « tremblotaient continuellement comme de la gelée sur un plat » (5A). Elle se fait **symbolique** pour évoquer « l'éternel *frisson* des roseaux » (6A) ou le *frémissement* de la rivière (11C), donnant ainsi de la nature une vision animiste*, à la fois poétique et mélancolique, qui est ici à l'image de la jeune fille : elle trahit son trouble, annonce sa chute et le malaise qui s'ensuit. Elle se fait, enfin, **poétique**, dans la mesure où elle donne vie à un monde original, l'univers propre de l'écrivain, où les êtres humains se définissent par les relations qu'ils entretiennent avec la nature et les forces élémentaires qui l'animent. Elle n'analyse pas le désir de la jeune fille, elle le rend sensible au lecteur en développant des images ancrées au plus profond de l'imaginaire (le feu, l'eau), en exprimant la « **poésie du réel** », selon la formule de Mariane Bury. « L'utilisation esthétique de l'image contribue à exprimer les qualités poétiques du réel, sans s'évader dans l'idéal et en refusant les notations artistiques ou littéraires. Comme rien ne différencie, du point de vue des modalités d'expression, l'effet esthétique de l'image des autres effets, il s'intègre parfaitement au récit sans le ralentir et sans le quitter tout à fait : la beauté habite cette réalité rugueuse dont on ne part pas et c'est là que Maupassant la cherche. » (*La Poétique de Maupassant*, *op. cit.*, p. 220)

# Lexique

## VOCABULAIRE DE L'ŒUVRE

**Bezons :** ville des bords de Seine, en aval de Paris.
**canotier :** amateur qui pratique l'aviron.
**chouet :** forme ancienne pour chouette.
**escarpolette :** balançoire composée d'un siège ou d'une planchette que l'on suspend à des cordes.
**gargote :** petit restaurant bon marché.
**Joinville :** ville des bords de Marne ; centre de canotage.
**lieue :** ancienne mesure de longueur (environ 4 km).
**Martyrs (rue des) :** rue commerçante de Paris qui monte jusqu'à la colline de Montmartre. Son nom rappelle le martyre de saint Denis et de ses compagnons.
**pochard :** ivre (niveau de langue familier).
**yole :** embarcation légère, longue et mince, à faible tirant d'eau, propulsée à l'aviron.

## VOCABULAIRE CRITIQUE

**actant :** force agissante contribuant à la dynamique de l'action.
**analepse :** « toute évocation après coup d'un événement antérieur au point de l'histoire où l'on se trouve » (Genette). Le cinéma parle de *flash-back*.
**animisme :** croyance selon laquelle les êtres vivants et les éléments ont une âme comme celle de l'homme.
**blason :** texte se donnant pour objet la description complète et ordonnée d'une personne, d'une partie du corps, d'un objet, sous forme d'énumérations de qualités ou de défauts (on parle alors de **contre-blason**).
**bovarysme :** attitude d'une personne (comme l'héroïne de *Madame Bovary*) qui se fait une idée fausse, idéalisée, de soi et de sa condition, et que la vie réelle laisse insatisfaite.
**champ (ou réseau) lexical :** ensemble des mots d'un texte qui désignent et qualifient une même réalité.

**connotation :** ensemble des significations secondes d'un mot (affectives, variables selon les contextes), par opposition à sa **dénotation** (significations lexicales, fixes).

**discours indirect libre :** discours rapporté qui mêle au récit les paroles (ou les pensées) d'un personnage sans marque de subordination. Il conserve les traces du discours direct tout en introduisant le point de vue du narrateur (comme le discours indirect dans les incises). Exemple : « Il avait canoté, lui aussi, dans son jeune temps, disait-il » (6A).

**effet de réel :** illusion de réalité produite par l'inscription des éléments de la fiction dans un espace et dans un temps connus du lecteur.

**ellipse narrative :** omission d'un épisode ou d'un élément de l'histoire dans le récit. Une **ellipse temporelle** introduit une rupture dans le déroulement chronologique (voir l'épilogue d'*UPC* : « Deux mois après... »).

**fiction :** histoire imaginaire contée dans le roman.

**focalisation :** voir « Point de vue narratif », page suivante.

**histoire :** contenu narratif (succession d'événements chronologiques), par opposition au **récit**.

***incipit* :** premiers mots d'une œuvre (ou d'un chapitre).

**illusion réaliste :** voir ci-dessus « Effet de réel ».

**libido :** « énergie fondamentale de l'être vivant, qui se manifeste par la sexualité » (dictionnaire *Lexis*, Larousse).

**lyrisme :** expression de sentiments personnels. Un texte lyrique cherche à toucher la sensibilité du lecteur.

**métaphore :** figure de style qui substitue à un mot un autre mot qui lui est lié par un rapport d'analogie.

**métonymie :** figure de style qui substitue à un mot un autre mot qui lui est lié par un rapport de contiguïté logique.

**modalisation :** processus par lequel le locuteur manifeste la distance qu'il prend par rapport à son énoncé. Cette distance est marquée par des **modalisateurs :** dans *UPC*, les adverbes *sans doute* et *peut-être*, le verbe *sembler*, l'incise *disait-il*, le verbe péjoratif *pérorer*.

**motif :** unité thématique minimale, récurrente, souvent représentée par un mot du texte. Dans *UPC*, on peut relever le motif de la sensation « pénétrante » (séquence C). Dans le langage pictural, sujet d'un tableau.

**narrateur :** « personne » abstraite qui produit le récit (ne pas la confondre avec la personne réelle de l'auteur). La

**narration**, mise en forme de la fiction dans une structure donnée, implique des choix narratifs.

**nouvelle :** voir ci-dessus, pp. 13, 94-96.

**panthéisme :** doctrine selon laquelle le monde et la divinité ne font qu'un. Certains textes de Maupassant sont *panthéistes*, au sens large du terme : ils célèbrent les forces de vie à l'œuvre dans la nature et dans l'homme.

**péjoratif :** se dit d'un mot qui comporte une idée dépréciative. *Pérorer* est un verbe péjoratif.

**poétique :** « théorie générale des formes littéraires » (Genette). Cette étude s'intéresse à *UPC* en tant que nouvelle définie par des formes littéraires particulières (composition, temporalité, choix narratifs, écriture, etc.).

**point de vue narratif :** position adoptée par le narrateur* par rapport aux personnages et aux événements du récit. La **focalisation** correspond à une restriction du champ de vision. On distingue la **focalisation interne :** vision limitée et subjective d'un personnage ; la **focalisation externe :** vision limitée mais objective d'un narrateur témoin qui décrit les lieux et rapporte les faits ; la **focalisation zéro :** absence de restriction, vision d'un narrateur omniscient qui révèle le passé et les pensées secrètes des personnages.

**récit :** énoncé narratif, par opposition à l'*histoire**.

**rythme du récit :** il est déterminé par le rapport entre le temps du récit et le temps de l'histoire. Du plus lent au plus rapide, Genette distingue la **pause** descriptive, la **scène**, le **sommaire**, l'**ellipse**.

**scène :** récit détaillé (souvent dialogué) d'un épisode de l'histoire, donnant l'illusion que le temps du récit (donc de la lecture) coïncide avec celui de l'histoire.

**sommaire :** récit très rapide, qui rapporte en quelques lignes une action longue.

**temporalité :** organisation du récit selon la catégorie du temps. Le récit est balisé par des indices temporels relevant de la **temporalité externe** (dates et événements historiques) et de la **temporalité interne** (qui règle le déroulement chronologique de la fiction).

**topos :** réunion de plusieurs motifs*. (Dans la rhétorique classique, le mot est employé au sens de *lieu commun*, de thème repris de manière variée par différents auteurs.)

# Quelques citations

## L'ÉCRITURE

### La poésie de la rivière

« Sous un petit hangar en bois étaient suspendues deux superbes yoles de canotiers, fines et travaillées comme des meubles de luxe. Elles reposaient côte à côte, pareilles à deux grandes filles minces, en leur longueur étroite et reluisante, et donnaient envie de filer sur l'eau par les belles soirées douces ou les claires matinées d'été, de raser les berges fleuries où des arbres entiers trempent leurs branches dans l'eau, où tremblote l'éternel frisson des roseaux et d'où s'envolent, comme des éclairs bleus, de rapides martins-pêcheurs. »

### La satire

« Et il [le canotier] raconta sa vie de chaque jour, poétiquement, de façon à faire vibrer dans le cœur de ces bourgeois privés d'herbe et affamés de promenades aux champs cet amour bête de la nature qui les hante toute l'année derrière le comptoir de leur boutique. »

### Le récit objectif

« Un tumulte se fit sous un buisson. Henri crut voir une jupe blanche qu'on rabattait vite sur un gros mollet ; et l'énorme dame apparut, un peu confuse et plus rouge encore, l'œil très brillant et la poitrine orageuse, trop près peut-être de son voisin. Celui-ci devait avoir vu des choses bien drôles, car sa figure était sillonnée de rires subits qui la traversaient malgré lui. »

### Le mot de la fin

« Mais comme il lui racontait qu'il aimait beaucoup cet endroit et qu'il y venait souvent se reposer, le dimanche, en songeant à bien des souvenirs, elle le regarda longuement dans les yeux.

– Moi, j'y pense tous les soirs, dit-elle.

– Allons, ma bonne, reprit en bâillant son mari, je crois qu'il est temps de nous en aller. »

## LES THÈMES

### Une sensualité élémentaire

« La jeune fille, assise dans le fauteuil du barreur, se laissait aller à la douceur d'être sur l'eau. Elle se sentait prise d'un renoncement de pensée, d'une quiétude de ses membres, d'un abandonnement d'elle-même, comme envahie par une ivresse multiple. [...] Un besoin vague de jouissance, une fermentation du sang parcouraient sa chair excitée par les ardeurs de ce jour ; et elle était aussi troublée dans ce tête-à-tête sur l'eau, au milieu de ce pays dépeuplé par l'incendie du ciel, avec ce jeune homme qui la trouvait belle, dont l'œil lui baisait la peau, et dont le désir était pénétrant comme un soleil. »

### L'idéalisation du désir

« Elle écoutait l'oiseau, perdue dans une extase. Elle avait des désirs infinis de bonheur, des tendresses brusques qui la traversaient, des révélations de poésies surhumaines, et un tel amollissement des nerfs et du cœur, qu'elle pleurait sans savoir pourquoi. »

### La communion avec la nature amoureuse

« Une brise molle glissa, soulevant un murmure de feuilles, et dans la profondeur des branches passaient deux soupirs ardents qui se mêlaient au chant du rossignol et au souffle léger du bois.

Une ivresse envahissait l'oiseau, et sa voix, s'accélérant peu à peu comme un incendie qui s'allume ou une passion qui grandit, semblait accompagner sous l'arbre un crépitement de baisers. Puis le délire de son gosier se déchaînait éperdument. Il avait des pâmoisons prolongées sur un trait, de grands spasmes mélodieux. »

### Après l'amour

« Ils étaient bien pâles, tous les deux, en quittant leur lit de verdure. Le ciel bleu leur paraissait obscurci ; l'ardent soleil était éteint pour leurs yeux ; ils s'apercevaient de la solitude et du silence. Ils marchaient rapidement, l'un près de l'autre, sans se parler, sans se toucher, car ils semblaient devenus ennemis irréconciliables, comme si un dégoût se fût élevé entre leurs corps, une haine entre leurs esprits. »

# Jugements critiques

## LES CONTEMPORAINS

### Zola, 1881 : éloge de « la virilité »

*Les Soirées de Médan* (1880) avaient fait connaître « Boule de suif », où le théoricien du naturalisme avait vu l'expression d'un « tempérament ». Malgré l'opposition du directeur du *Figaro*, il assura ensuite la promotion de *La Maison Tellier*, recueil où figurait « Une partie de campagne ».

« Il [Maupassant] apporte une originalité propre qui perçait dès ses premiers vers, et qui s'affirme aujourd'hui dans sa prose ; c'est la virilité, un sens de la passion physique dont flambent ses meilleures pages. Et il n'y a là aucune perversion nerveuse, il n'y a qu'un désir sain et fort, les amours libres de la terre, la vie largement étalée au soleil. Cela donne un accent très personnel de santé féconde et de belle humeur un peu hâbleuse à tout ce qu'il écrit. » (*Le Figaro*, 11 juillet 1881 ; repris dans les *Œuvres complètes*, Tchou, t. XIV, p. 622.)

### Tolstoï, 1896 : condamnation morale

La critique considérait alors Maupassant comme « un jeune disciple de la petite église naturaliste » et lui reprochait « le choix des sujets », parlant même d'« ordure », comme pour les romans de Zola. C'est aussi l'attitude du romancier russe Tolstoï, qui n'avait pas pour les naturalistes la même sympathie que son compatriote Tourgueniev.

Après avoir vanté chez Maupassant le « don d'attention », la « beauté de la forme » et la « sincérité », le romancier russe lui reproche son amoralisme : « Malheureusement, étant dépourvu de la première condition, sinon de l'essentielle, qui donne de la valeur à l'œuvre d'art, du rapport normal et moral entre lui et ce qu'il dépeignait, c'est-à-dire de la faculté de distinguer entre le bien et le mal, il aimait et dépeignait ce qu'il ne fallait pas aimer et dépeindre, et il n'aimait pas et ne dépeignait pas ce qu'il fallait aimer et dépeindre. La nouvelle “Une partie de campagne", m'a frappé particulièrement par cette ignorance de la distinction entre le bien et le mal. » (*Zola, Dumas, Maupassant*, 1896 ; cité dans « Quid de Guy de Maupassant », in *Contes et nouvelles. Romans*, coll. « Bouquins », Laffont, t. I, p. 120.)

## LECTURES ACTUELLES

**Une lecture sociologique**

« La campagne est toxique aux petites gens. Lorsqu'ils sortent de leur cadre citadin, ils subissent si violemment les charmes de la nature qu'ils oublient leur timidité et, transportés par une agréable démence, commettent des actes inconsidérés, dont ils conçoivent ultérieurement d'amers regrets. Pour avoir été les objets des galantes entreprises de deux canotiers, experts, comme deux héros de Boccace, à faire chanter le rossignol, Mme Dufour, quincaillière rue des Martyrs, et sa fille Henriette s'étiolent de mélancolie derrière leur comptoir et déplorent la maladresse des hommes de leur classe. » (Albert-Marie Schmidt, *Maupassant par lui-même*, coll. « Écrivains de toujours », Seuil, 1962, p. 56.)

**Le pessimisme de Maupassant**

« Ce qui frappe, c'est le ton à la fois attendri et désabusé, le pessimisme que les contrastes savamment soulignés font ressortir : entre ces sportifs et ces "assis", la campagne et les quartiers suburbains, l'aventure inattendue et la soumission à la routine. En fin de compte, une vie médiocre ne s'éclaire pas d'un souvenir heureux ; c'est, au contraire, l'instant de bonheur entrevu qui ronge et anéantit chaque jour d'une existence irrémédiablement terne. » (Louis Forestier, Notice de l'édition de La Pléiade, 1974, t. I, p. 1358.)

**Une nouvelle « fluviatile »**

Dans certaines nouvelles, du fait de « la présence de l'eau », le récit est modifié, « détourné de son fonctionnement narratif par les inévitables dérives de l'aquatique ».

« Relisez par exemple "Une partie de campagne", et vous ne pourrez pas ne pas vous apercevoir que cette nouvelle s'abandonne au fil de l'eau. Un moment de relâchement textuel, de laisser-aller (qui est d'ailleurs, d'un point de vue plus sexuel, le sujet même de cette historiette). En aucune de ses pages le texte n'est tendu, mais au contraire saisi d'une molle torpeur, d'une paresseuse apathie, d'une nonchalante inertie. Une nouvelle faisant plus paysage qu'intrigue, tableau qu'histoire. Plus proche de la chronique que du récit. Se terminant très nostalgiquement comme il convient à toute nouvelle de l'eau. » (Alain Buisine, « Paris-Lyon-Maupassant », *Maupassant. Miroir de la nouvelle*, Colloque de Cerisy, P. U. de Vincennes, p. 20.)

**« Une conception dynamique de la lecture »**

« Dans tous les cas, le lecteur est invité à terminer en partie un récit qui n'est pas donné comme clos sur lui-même. En ce sens, les fins de récits s'ouvrent sur un silence significatif. Les variations sur l'effet de la fin aboutissent à une conception dynamique de la lecture. Loin d'achever la lecture, les clôtures poussent le lecteur à relire le récit conçu pour les deux degrés d'appréhension que constituent d'un côté l'histoire vraie, l'anecdote, la tranche de vie réaliste, à consommer comme un fait divers, de l'autre la leçon de morale, philosophique, cruelle et supérieurement artiste car savamment orchestrée et invisible, pour ainsi dire, à l'œil nu. L'emploi stratégique du temps, orienté vers la rapidité de la lecture, apparaît comme une constante narrative du récit court chez Maupassant, quel que soit le thème abordé ou le ton requis ironique ou pathétique, aussi bien dans le domaine réaliste que dans le fantastique. » (Mariane Bury, *Maupassant*, coll. « Balises », Nathan, 1991, p. 40.)

# Index thématique

# Index des textes et des auteurs cités

## ŒUVRES DE MAUPASSANT



## ÉCRIVAINS ET ARTISTES

## CRITIQUES

# Sujets de travaux

## Recherches, exposés

– Les principes esthétiques de Maupassant. Leur relation avec le naturalisme de Zola. Leur application dans *UPC*. Synthèse à élaborer à partir des écrits théoriques indiqués dans la bibliographie. Utiliser l'Index. Sur le naturalisme, on pourra consulter notre *Zola*, coll. « Classiques », Albin Michel, 1994.

– Le *topos** de l'idylle champêtre dans l'œuvre de Guy de Maupassant.
Dégager ses éléments constitutifs et ses variantes à partir d'*UPC*, des nouvelles et des romans cités dans le commentaire de 12C (« Les avatars du désir »). Essai d'interprétation.

## Études de textes

– Commentaire littéraire : l'épilogue 1 (16E)
Les structures de la scène (composition, choix narratifs). Le discours des personnages : dit et non-dit (l'arrière-plan psychologique et sociologique). L'ambivalence de la scène : émotion et comique.

– Le finale (unité 17E) comme « coup de fouet » (Vial). Analyse et mise en relation avec le reste de la nouvelle.

## Questions d'ensemble sur *UPC*

– Les effets de lecture induits par la composition et l'écriture.

– La description : formes, place et fonctions dans *UPC*. Vous vous appuierez sur cette déclaration de 1882 dans laquelle Maupassant prend la défense des « écoles dites réalistes, naturalistes, etc. » : « Retrancher la description de ces ouvrages, ce serait en supprimer l'indispensable mise en scène, en détruire la vraisemblance palpable, enlever tout le relief des personnages, leur ôter leur physionomie caractéristique, et négliger volontairement de leur donner le fameux coup de pouce artistique. Ce serait, en un mot, supprimer tout le travail de l'artiste pour ne laisser subsister que la besogne du psychologue » (*Chro.*, 2, pp. 40-41).

– La psychologie.

– La nature.

– La satire sociale.

– Le pessimisme.

### Dissertation

Selon Maupassant, l'étalage de la personnalité dans le roman est « une preuve de l'impuissance à observer, à observer la vie éparse autour de soi, comme ferait une pieuvre aux innombrables bras ». Il affirme que « c'est la personnalité voilée qui fait la valeur de toute œuvre, et qu'on nomme génie ou talent » (*Chro.*, 3, 384).
Ce jugement peut-il s'appliquer à *UPC* ?

### Élargissement à d'autres arts

– Maupassant et l'impressionnisme d'après *UPC*.

– « Une partie de campagne » et *Partie de campagne* de Jean Renoir. Au-delà des problèmes d'adaptation d'un art dans un autre, l'écrivain et le cinéaste vous paraissent-ils avoir les mêmes objectifs en matière de récit ?

# Bibliographie essentielle

## ŒUVRES DE MAUPASSANT

**Romans, contes et nouvelles** sont disponibles dans les collections de poche. *La Maison Tellier*, avec « **Une partie de campagne** », est éditée par Pierre Cogny (« GF »), Patrick Wald Lasowski (« Classiques de Poche ») et Louis Forestier (« Folio », avec « Boule de suif »). La lecture des nouvelles auxquelles notre étude fait référence est recommandée.

**Les écrits théoriques** permettent une meilleure intelligence de la poétique de Maupassant. On lira l'étude sur « Le Roman » (publiée avec *Pierre et Jean)* et les articles consacrés à Flaubert, Tourgueniev, Zola, *Manon Lescaut*, ceux intitulés « L'Amour dans les livres et dans la vie », « L'Évolution du roman au XIXe siècle », « La Jeune Fille », « Questions littéraires », « Romans », « Les Subtils », dans *Chroniques*, coll. « 10/18 », UGE, 1980, rééd. 1993.

### Éditions savantes

*Contes et nouvelles*, « Bibliothèque de la Pléiade », Gallimard, 1974 (t. I) et 1979 (t. II). Édition de référence pour l'établissement du texte, les notices et les notes de Louis Forestier.

*Contes et nouvelles. Romans*, édition de Brigitte Monglond, coll. « Bouquins », Robert Laffont, 1988. Le tome I comprend un « Quid de Maupassant » qui rassemble une masse d'informations sur l'auteur et son œuvre, et constitue un bon instrument de travail.

## ÉTUDES SUR MAUPASSANT

### Pour une approche globale

Mariane BURY, *Maupassant*, coll. « Balises », Nathan, 1991. (Une présentation de l'œuvre en 128 pages.)

Albert-Marie SCHMIDT, *Maupassant par lui-même*, coll. « Écrivains de toujours », Le Seuil, Paris, 1962 (bon ouvrage d'initiation).

**Pour une étude plus approfondie**

Mariane BURY, *La Poétique de Maupassant*, SEDES, Paris, 1993 (ouvrage clair, solide, documenté, accessible à des lycéens motivés).

André VIAL, *Guy de Maupassant et l'art du roman*, Nizet, 1954 (notamment le chapitre « Conte, nouvelle et roman. Définitions et rapports successifs »).

**Recueil d'articles**

Dossier du *Magazine littéraire*, janvier 1980.

Colloque de Cerisy. *Maupassant. Miroir de la nouvelle*, Presses Universitaires de Vincennes, Saint-Denis, 1988.

*Maupassant et l'écriture.* Actes du colloque de Fécamp, 21-23 mai 1993, Nathan, 1993.

*Maupassant multiple*, Toulouse, Presses Universitaires du Mirail, 1995.

## COMPLÉMENTS

**Sur les problèmes du roman**

Jean-Pierre GOLDENSTEIN, *Pour lire le roman*, De Boeck-Duculot, 1983.

Nadine TOURSEL, Jacques VASSEVIÈRE, *Littérature : textes théoriques et critiques*, coll. "Fac", Nathan, 1994 (notamment les parties IV : « Structures du récit » et V : « Le roman »).

**Filmographie**

Jean RENOIR, *Partie de campagne*, 1946.

**Sur le film de Renoir**

Olivier CURCHOD, *Partie de campagne. Jean Renoir. Étude critique*, collection « Synopsis », Nathan, 1995.

---

N° Editeur : 10031332-(III)-9-OSBT-80
Dépôt légal : Février 1996
Imprimé en France par I.M.E. - 25110 Baume-les-Dames
N° imprimeur : 10503